Die Manhattaners

Eine Geschichte der Stunde

Edward S. Van Zile

Writat

Diese Ausgabe erschien im Jahr 2023

ISBN: 9789359254487

Herausgegeben von
Writat
E-Mail: info@writat.com

Inhalt

KAPITEL I.

„ICH MÖCHTE DICH NICHT entmutigen, mein Junge, aber wie unsere ‚Brevier-Autoren' so gerne sagen, steckt in dieser historischen Figur ‚Anstoß zum Nachdenken'."

Es war eine halbe Stunde nach Mitternacht, und zwei Männer standen an der südwestlichen Ecke des City Hall Parks und starrten auf die Statue von Nathan Hale. Der größere der beiden war ein Mann, der, nachdem er das unheilvolle Alter von vierzig Jahren überschritten hatte, nicht mehr an seinen Geburtstag dachte, als er ihn erreichte. Er hatte zu diesem Thema mehrere Jahre lang geschwiegen, und seine Freunde waren sich nicht sicher, ob er einundvierzig oder fünfundvierzig war; aber sein Gesicht schien auf das spätere Alter hinzuweisen. Es war ein starkes Gesicht, gezeichnet von sorgenvollen, vielleicht zerstreuten Falten, und um den Mund herum verbarg sich ein Ausdruck der Unzufriedenheit. Dass er des Kampfes des Lebens ziemlich überdrüssig geworden war, zeigte sich an seiner Kleidung, die jene undefinierbare Eigenschaft besaß, die man als nachlässige Schäbigkeit ausdrücken könnte. Sein Bart war ungestutzt, und ein Schlapphut bedeckte einen Kopf aus eisengrauem Haar, das malerisch ausgesehen hätte, wenn es nicht ständig vernachlässigt worden wäre.

Sein Begleiter war ein junger Mann von höchstens dreiundzwanzig Jahren, schlank, sorgfältig gekleidet und mit einem zart geformten Gesicht, das auffallend schön wirkte, wenn er lächelte. In diesem Moment zeigte er seine perfekten Zähne, als er zuerst auf die Statue des Märtyrerhelden blickte und dann auf das sarkastische Gesicht seines Begleiters.

„Warum sagst du das, Fenton? Der Anblick ist sicherlich inspirierend. Beweist die Zahl nicht, dass die altbekannte Beleidigung über die Undankbarkeit der Republiken falsch ist?"

„Wohl kaum, Richard – *Richard Cœur de Lion,* ich werde dich für eine Weile synchronisieren …" Es zeigt einfach, dass jemand zu einem sehr späten Tag einen Anfall krampfhafter Sentimentalität hatte. Es gibt andere Helden der Revolution, die ebenso aufopferungsvoll und patriotisch waren wie Nathan Hale, die von einer Republik, die nur stellenweise dankbar ist, immer noch vergessen sind. Unsterblichkeit, mein lieber Junge, ist zu einem großen Teil eine Frage des Zufalls. Aber um diesen Punkt außer Acht zu lassen: Verstehen Sie nicht, wie diese Figur einer begeisterten Jugend, dieser zum Scheitern verurteilte Märtyrer – diese völlige Verbindung am Broadway, wie ein leichtfertiger Freund von mir die Statue einmal nannte – die Gefahren verdeutlicht, die Ihren Weg bedrängen? "

„Ich muss zugeben", antwortete Richard Stoughton gutmütig, als er seinen Arm in Fentons Arm legte und nach Westen in Richtung der Hochstation Sixth Avenue am Park Place ging, „ich muss zugeben, dass ich im Park nichts gesehen habe, was mich hätte dämpfen können." natürliche Begeisterung, es sei denn, es war das Zeichen „Halten Sie sich vom Gras fern.""

„Genau das ist es", antwortete John Fenton mit seiner tiefen, durchdringenden Stimme. „Diese Statue von Nathan Hale könnte man als bronzene Betonung der Warnung bezeichnen – einer Warnung, die so alt ist wie die menschliche Tyrannei –, sich vom Gras fernzuhalten. Hale gehorchte nicht und starb früh. Seien Sie gewarnt, Richard, durch die Lektion, die die Statue lehrt. Lassen Sie nicht zu, dass Ihr träumerischer und unpraktischer Enthusiasmus Sie in das Lager des Feindes treibt. Wenn du das tust, werden sie dich hängen."

„Ihre Worte sind rätselhaft", kommentierte Stoughton, als die beiden Männer in einem Hochzug in die Stadt Platz nahmen. „Ich hatte von dir Trost und Wärme erwartet, und du gibst mir ein Duschbad."

"Armer Junge!" lächelte Fenton, weniger zynisch als er es gewohnt war. „Wann hat der junge Krieger jemals etwas Wertvolles gewonnen, indem er den vom Kampf gezeichneten und besiegten Veteranen konsultiert hat? Ich habe irgendwo die verfallene Wurzel eines Gewissens, das mich hin und wieder beunruhigt. Es hat mich gerade ein wenig geschmerzt und lässt mich an der Weisheit und Gerechtigkeit meiner Bemühungen zweifeln, euch die Augen für die Wahrheit zu öffnen."

„Aber warum", fragte der jüngere Mann ernst, „sollte es irgendetwas sein, das Ihr Gewissen beleidigen könnte, wenn Sie mir die Wahrheit sagen?"

„Ah, mein Junge, du stellst eine Frage, die die weisesten Männer nicht beantworten konnten. Es gibt bestimmte Wahrheiten, die das Universum in seinem geheimen Herzen birgt und die es nicht preisgeben möchte. Als Mikrokosmos hegt jeder Mensch in seinem Innersten eine bittere Gewissheit, die er vor den Blicken der Neugierigen verteidigen muss. Wenn er den Schleier auch nur um Haaresbreite öffnet, wird dieser freigelegte Nerv, der als Gewissen bekannt ist, für einen Moment zucken und ihm den Mund verschließen."

„Aber", beharrte der jüngere Mann, dessen klares Gesicht im Gegensatz zu dem seines Begleiters wie eine zarte Kamee neben einem mittelalterlichen Wasserspeier aussah, „ich hatte so viel Wert auf Ihren Rat und Ihr Mitgefühl gelegt."

„Sie haben auf jeden Fall mein Mitgefühl", sagte Fenton ziemlich barsch; „Aber Ihnen meinen Rat zu geben, wäre – sich mit einer altehrwürdigen Illustration eine Freiheit zu nehmen –, als würde man Schweine zwischen

Perlen werfen." Ist es nicht irgendein Wortjongleur, der Epigramme benutzt, um die Wahrheit zu verbergen, der sagt, dass das einzige Laster, das der Jugend nicht anhaftet, der Rat ist?"

Richard Stoughtons Gesicht errötete und seine dunkelgrauen Augen blickten seinen Begleiter fragend an.

„Manchmal denke ich", sagte er ziemlich traurig, „dass Sie nur Verstand und kein Herz haben, John Fenton."

„Du irrst dich, mein Junge", antwortete Fenton schnell. „In diesem Fall wäre ich längst Millionär gewesen. Ich litt unter gerade so viel Herz, dass mein Gehirn beeinträchtigt war. Das Ergebnis ist, dass ich ein stellvertretender Stadtredakteur in der Blüte meines Lebens bin, mit einem sehr kurzen Hügel, den ich bis zum Grab hinabrollen muss. Aber egal, was ich bin oder was ich hätte sein können. Sie sind die einzige interessante Persönlichkeit, die anwesend ist. Sie sind, wie Nathan Hale, sozusagen aus dem „Down East" nach New York gekommen, um Ihren jugendlichen Enthusiasmus einer Welt anzubieten, in der es so etwas zu wenig gibt; so wenig, dass es Hales Opfer verewigt und seine Mission vergisst."

Fenton schwieg einen Moment.

„Was genau meinst du mit dieser letzten Bemerkung?" fragte Richard sanft.

„Ich meine, dass diese große Metropolengemeinschaft unter einer Tyrannei leidet, die größer ist als die, gegen die Hale und seine Zeitgenossen protestierten. Ich meine, dass wir heute Statuen für Freiheitsliebende und Märtyrer für die Freiheit errichten, während wir uns blind und unterwürfig einem Joch beugen, das noch tyrannischer ist als das, das das Haus Hannover über unsere Vorfahren hatte. Ich meine, dass Nathan Hale umsonst gestorben ist, es sei denn, sein Beispiel inspiriert eine noch kommende Generation dazu, sich gegen eine Unterdrückung zu erheben, die ungerechter, allgegenwärtiger und unüberwindlicher ist als alles, was die Welt je gesehen hat."

Richard Stoughton sah seinen Begleiter erstaunt an. Fentons Gesicht war gerötet, in seinen großen, schweren Augen glänzte ein unheilvolles Licht, und er schien mehr mit sich selbst als mit seinem Begleiter zu reden. Als sie den Zug an der Twenty-Third Street verließen und nach Osten schlenderten, fuhr der ältere der beiden in ruhigerem Ton fort:

„Du hast nicht viel vom Leben gesehen, Stoughton. Sie werden es für notwendig erachten, die intellektuellen Schäden, die eine Hochschulausbildung mit sich bringt, so schnell wie möglich zu beheben. Die Tendenz im Leben in Yale besteht darin, Sie bei Ihrem Abschluss davon zu überzeugen, dass Sie alles wissen. Die Erfahrung einiger Jahre im großstädtischen Zeitungsleben wird Sie davon überzeugen, dass Sie nichts wissen."

„Und der letzte Zustand dieses Mannes ist glücklicher als der erste?" verhörte Richard leichthin.

„Leider, mein Junge, fürchte ich mich nicht. Aber vielleicht ist das ein lokales Problem, eine persönliche Gleichung. Ich war zufriedener, als ich den Umfang des Wissens am Durchmesser meiner eigenen Erfahrung maß, als heute, wenn mir klar wird, dass das, was ich weiß, so unbedeutend ist, dass es überhaupt keinen mathematischen Wert hat. Aber meine Erfahrung hat im Zusammenhang mit Ihrer keine Bedeutung. Die Chancen stehen gut, dass Ihre Karriere ganz anders sein wird als meine. Ich hoffe auf jeden Fall, dass es so sein wird. Auf jeden Fall müssen Sie das Spiel spielen und die Einsätze stehen auf dem Spielbrett. Ich habe gute Karten gezogen, aber jemand anderes hat den Pot gewonnen. Aber was ist damit? Das Spiel würde keinen Spaß machen, wenn alle gewinnen und niemand verlieren würde."

Fenton lächelte, als er vor einem strahlend beleuchteten Saloon anhielt und Richard Stoughton seine Hand reichte.

„Gute Nacht, mein Junge, und viel Glück. Ich werde für Sie tun, was ich kann – und ich möchte Ihnen einen Rat geben: Glauben Sie nicht alles, was ich sage. Irgendwie – und das tut mir natürlich leid – habe ich in meiner Komposition nur noch ein wenig Romantik übrig, die Ruinen einer prächtigen Luftburg, die ich einst gebaut habe. Es genügt mir, mich für die Struktur zu interessieren, die Sie auf dem festen Fundament von Jugend, Bildung, Begeisterung und natürlicher Klugheit aufbauen werden. Ich werde tun, was ich kann, um ab und zu einen Stein zu deinem Schloss hinzuzufügen, mein Junge. Und so, gute Nacht."

Die beiden Männer schüttelten sich herzlich die Hand, und Richard machte sich auf den Weg, stadtaufwärts zu seinen Zimmern in der Twenty-eighth Street zu eilen, als Fenton ihn zurückrief.

„Sie verstehen, *Richard Cœur de Lion* , dass es keine Unhöflichkeit war, die mich davon abgehalten hat, Sie zu einem Drink einzuladen. Ich habe an dein Schloss gedacht, mein Junge. Es wird Ihnen um den Kopf fallen, wenn Sie Alkohol in den Keller stellen. Gute Nacht, alter Kerl. Ich muss etwas Whisky haben. Gute Nacht."

KAPITEL II.

„DIE PERCY-BARTLETTS", wie *Town Tattle* sie in dem wöchentlichen Absatz, der ihren Unternehmungen gewidmet war, immer nannte, speisten allein, „*en tête-à-tête* und *en famille* ", wie der Ehemann manchmal leicht sarkastisch bemerkte . Nicht, dass Percy-Bartlett die Angewohnheit hatte, satirisch zu sein. Weit davon entfernt! Er betrachtete Sarkasmus und Satire als äußere und sichtbare – oder vielmehr hörbare – Zeichen einer inneren und erblichen Neigung zur Vulgarität. Der Einsatz dieser Sprachwaffen implizierte, dass man sowohl Temperament als auch Originalität besaß – Eigenschaften, die in der Gruppe, in der sich die Percy-Bartletts bewegten, nicht anerkannt waren. Aber Percy-Bartlett hatte geerbt ein eher pfeffriges Gemüt und einen Geist, der von Natur aus zu kreativen Anstrengungen neigte. Es war ihm daher sehr zu verdanken, dass er seine Manieren und seine Sprache in eine fast engelhafte Geschmeidigkeit gebracht und solche geistigen Qualitäten so gründlich verkümmert hatte, die nicht in der akzeptierten Flora des Geistes enthalten waren, die von seinem Kreis anerkannt wurde Er wirkte wie ein Mann, bei dem keine Gefahr bestand, jemals etwas zu sagen oder zu tun, was in der ganzen Welt besondere Aufmerksamkeit auf ihn erregen würde. Es ist nicht allgemein bekannt, aber es ist dennoch eine Tatsache, dass es manchmal heroischer Selbstbeherrschung bedarf, um zu einem „heulenden Anschwellen" zu werden – ein vulgärer Begriff, den der Autor nicht vermeiden kann, wenn er dem Leser die genaue soziale Situation vermitteln möchte Status von Percy-Bartlett. In den unteren Schichten der Gesellschaft war er als „heulender Kerl" bekannt, was natürlich bedeutet, dass Heulen das Allerletzte war, dem er sich hingeben würde. Es gibt diejenigen, sagt uns der Dichter, die nie singen und mit all ihrer Musik sterben. Ebenso ist der moderne Aristokrat einer, der niemals heult und mit all seinem Heulen in sich stirbt.

Man sollte keinen Augenblick daran denken, dass die vollkommene Selbstbeherrschung, die Percy-Bartlett an den Tag legte, darauf hindeutete, dass es in seinem Leben nichts gab, was das Temperament eines Heiligen oder einer heulenden Persönlichkeit auf die Probe stellen könnte. Tatsächlich war die Versuchung, seiner angeborenen Reizbarkeit nachzugeben, praktisch immer bei ihm. Percy-Bartlett hatte alle Tendenzen zur Originalität edel gesiegt. Seine Frau hatte es nicht getan. Es war Mrs. Percy-Bartlett, die Percy-Bartlett ständig auf die Probe stellte. Wenn Sie ein verheirateter Mann sind, oh Leser, werden Sie die volle Bedeutung der jetzt mit gebührender Feierlichkeit und Nachdruck aufgestellten Behauptung erkennen, dass Mr. Percy-Bartlett trotz dieser Tatsache nie ein unfreundliches Wort zu ihr gesagt habe. hatte sich nie gegen ihren Willen verstoßen, hatte ihr weder durch Worte noch durch Taten gezeigt, dass er zutiefst enttäuscht war über ihre

Weigerung, den sehr engen Weg zu gehen, den die Gesellschaft ihr vorschrieb.

Man muss zugeben, dass im Gesicht und in der Art von Mrs. Percy-Bartlett etwas lag, das das Zögern ihres Mannes, sich ihrem Willen zu widersetzen, scheinbar erklärbar erscheinen ließ. Ihre dunkelbraunen Augen, das goldbraune Haar, die klar geschnittene Nase und der klare Mund sowie die perfekten Zähne verliehen ihr eine Schönheit, die jedem Mann ritterliche Verehrung einbrachte – das heißt jedem Mann, der Ehrfurcht vor der Liebe hat. Die Güte des Schöpfers, der hier und dort Blumen auf einer unkrautüberwucherten Erde verstreut. Darüber hinaus lag etwas in Mrs. Percy-Bartletts Art, ihre Hände zu benutzen und ihren Kopf zu bewegen, das von einer ebenso hochentwickelten Willenskraft zeugte, die es ihrem Mann ermöglicht hatte, jede Neigung zu unterdrücken, sich dem von ihr übernommenen Muster zu widersetzen sein Set. Percy-Bartlett hatte seine Selbstbeherrschung genutzt, um Originalität zu zerstören. Mrs. Percy-Bartlett hatte ihre Willenskraft zu einer Verbündeten ihres kreativen Genies gemacht. Die Aussichten auf einen dauerhaften Frieden zwischen ihnen waren nicht rosig, aber wir treffen sie beim Abendessen zu einer Zeit, als der *Modus vivendi* noch gut funktionierte.

„Und wer singt heute Abend für dich?" fragte Percy-Bartlett, seine ruhigen, blauen Augen ruhten kalt auf seiner Frau. Er war ein Mann von achtunddreißig Jahren mit blassen Wangen, dünnen Lippen und unbeweglichem Gesichtsausdruck. Der Altersunterschied von Mann und Frau war in ihren Gesichtern mehr als deutlich zu erkennen. Sie sah jünger aus als sie war; er war jünger als er aussah.

„Ich denke", antwortete sie, „dass es ein großer Erfolg wird." Der neue Knabensopran, der in St. George's für Furore gesorgt hat, kommt. Das gilt auch für Gordon Mackey, den Tenor – Sie erinnern sich, dass Sie ihn eines Abends kennengelernt haben. Dann soll Bryant Stanton das Cello spielen und Mlle. de Sarçon hat versprochen, einen Teil der „Falstaff"-Musik zu singen. Einige andere von geringerer Bedeutung werden hier sein: Barton, der Bariton, Miss Ely, die Altistin und so weiter. Wissen Sie, Barton hat bei seinen Konzerten mein Wiegenlied gesungen."

Percy-Bartlett blickte seine Frau auf eine Weise an, die ausgesprochen unsympathisch war. Er schien zu denken, dass ein Wiegenlied für eine kinderlose Frau so etwas wie eine *Meisterleistung sei;* Aber es gibt viele Dinge an einem musikalischen Genie, die ein Laie nicht verstehen kann. Percy-Bartlett hatte seine Grenzen in dieser Richtung schon vor langer Zeit erkannt und fragte seine Frau nie, wie oder warum sie Vokalmusik schrieb, die langsam aber sicher an Popularität gewann. Es war ein Kreuz, das er tragen musste, und wie ein vollkommener Gentleman ertrug er es schweigend.

„Glauben Sie nicht, meine Liebe", schlug Mrs. Percy-Bartlett freundlich vor, als sie vom Tisch aufstanden, „dass Sie auch nur einen Abend mit wirklich guter Musik ertragen könnten?"

„Du wirst mich heute Nacht freilassen müssen, Harriet", antwortete Percy-Bartlett kalt. „Ich habe eine Ausschusssitzung im Club. Übrigens", bemerkte er, als sie die Bibliothek betraten, in deren intellektueller Atmosphäre er nach dem Abendessen seine Zigarre zu rauchen pflegte, „habe ich heute einen Brief von einem Geschäftsfreund erhalten, einem entfernten Verwandten mütterlicherseits Samuel Stoughton aus Norwich. Er erzählt mir, dass sein Sohn Richard, der letztes Jahr seinen Abschluss in Yale gemacht hat, in die Stadt gekommen ist, um einen Platz bei der *Morgenposaune* einzunehmen . Er bittet mich, ihm ein wenig Aufmerksamkeit zu schenken. Und ich weiß wirklich nicht, wie ich da rauskomme."

„Warum solltest du das wollen?" fragte Mrs. Percy-Bartlett, schlug ein paar Akkorde auf dem Klavier und warf ihrem Mann einen fragenden Blick zu. „Die Stoughtons sind sehr nette Leute."

"Oh ja natürlich. Aber ein Zeitungsmann, wissen Sie, mag ja ja auch gut und gerne sein, aber – ich kann wirklich nicht verstehen, warum Richard Stoughton, dem, wenn ich mich recht erinnere, von seiner Mutter ein Vermögen hinterlassen hat, die Plackerei auf sich nehmen sollte des New Yorker Zeitungslebens."

„Vielleicht", schlug Mrs. Percy-Bartlett vor und blickte auf ihre weißen, symmetrischen Arme und spitz zulaufenden Hände, „vielleicht möchte der junge Mann alle Seiten des Lebens sehen." Vielleicht möchte er seinen Horizont erweitern."

„Humph", rief Percy-Bartlett und zeigte mehr von seiner angestammten Gereiztheit, als er es gewohnt war; „Ich kann ein solches Motiv nicht verstehen. Wenn es den Horizont erweitert, bis spät in die Nacht durch die Stadt zu rennen und sich selbst zu belästigen, würde ich denken, dass ein Mann von Stoughtons Position und Bildung es vorziehen würde, in seiner Vision eng zu bleiben. Aber über Geschmäcker lässt sich nicht streiten; und ich muss zugeben, dass in den letzten Jahren viele sehr nette Leute in die Zeitungsarbeit gegangen sind. Nun, wir werden Stoughton eines Abends, wenn wir alleine essen, zum Abendessen einladen und sehen, was für ein Junge er ist. Vielleicht überwindet er seinen Anfall journalistischer Begeisterung, wenn er sich von Mumps oder Masern erholt hat. Sein Vater hat mir geschäftlich einiges Gute gebracht und es liegt in seiner Macht, noch mehr zu erreichen. Ich werde Richard morgen eine Nachricht zukommen lassen und ihn bitten, im Büro anzurufen."

Percy-Bartlett warf seine Zigarre weg und stand auf, um zu gehen. Das Bild, das seine Frau präsentierte, war unwiderstehlich attraktiv. Er beugte sich vor und küsste sie. Es war ein ungewöhnlicher Gefühlsausbruch seinerseits, und Mrs. Percy-Bartlett lächelte zu ihm auf, als er sich umdrehte, um den Raum zu verlassen.

„Wie spät", fragte er, als er die Portière erreichte , „werden Ihre musikalischen Freunde hier sein?"

„Oh, nicht zu spät", antwortete sie; „Komm um zwölf nach Hause und du wirst feststellen, dass sie weg sind."

*   *   *   *   *

Es war die Mitternachtsstunde.

„Es war ein großer Erfolg, mein kleines Musical", sagte Mrs. Percy-Bartlett mit gerötetem, triumphierendem Gesicht zu ihrem Mann, als sie nach seiner Rückkehr im Wohnzimmer standen . Der Abend war für Percy-Bartlett angenehm gewesen, und die freundlichen Einflüsse seines Clubs hatten ihn gesellig gemacht.

„Komm in die Bibliothek, Harriet", sagte er, „während ich nur noch eine Zigarre rauche."

Das Lächeln auf ihrem Gesicht verschwand und um ihren Mund bildeten sich Falten der Müdigkeit.

„Entschuldigen Sie bitte", murmelte sie müde. "Ich bin sehr müde. Sie haben mein Wiegenlied so oft wiederholt, dass es mich wirklich ermüdete. Ich fürchte, ich kann Erfolg nicht ertragen. Gute Nacht. Es tut mir sehr leid."

„Gute Nacht", sagte er kalt.

Dann ging er in die Bibliothek und zündete stimmungsvoll ein „Perfecto" an. In seinem Leben schien etwas zu fehlen, etwas, das für immer in seiner Reichweite schien und ihm für immer entging.

———————————————————

KAPITEL III.

„JA, Richard", bemerkte Fenton, als die beiden seltsam gemischten Zeitungsleute in eine Seitenstraße der Innenstadt einbogen, um ein *Table d'hôte-* Abendessen in einem Restaurant einzunehmen, das den Halbbohemiens der Stadt gut bekannt ist – echt Böhmen haben wir keine, obwohl eine andere Generation sie zeugen wird: „Ja, mein Junge, das ist die interessanteste Metropole der Welt."

Er zögerte einen Moment, nahm Richard am Arm, blieb stehen und blickte sich in der vorbeiziehenden Menge um.

„Im Umkreis von einer halben Meile, Richard, hat nicht nur jede Nation, sondern fast jeder Stamm, jede Religion, jede Sekte, jede Familie und jeder Name, den die Welt jemals gekannt hat, ihre Vertretung. Sehen Sie, auf der anderen Straßenseite gibt es einen italienischen Friseurladen, der von einem Mann namens Cæsar geführt wird . Wir werden in einem französischen Restaurant speisen, dessen Besitzer den historischen Familiennamen Valois trägt. Ich erinnere mich an ein paar Zeilen eines After-Dinner-Gedichts, das einer der Männer im Büro letztes Jahr bei einem journalistischen Bankett vorlas. Es begann:-

„„Hast du gesagt, es gäbe keine Romantik?'

In einer Stadt, die sich geschickt vermischt,

In einem malerischen Mosaik,

Der ganze Krimskrams der Alten Welt?

In einer Stadt, in der es Sündenböcke gibt

Von den älteren Ländern treffen sich,

Es ist eine verrückte Mischung von Nationen

Das sieht man auf der Straße.'"

„In gewissem Sinne ist es die Tatsache, die Sie gerade angesprochen haben, die mich hierher geführt hat", sagte Richard, als sie sich an einen kleinen Tisch in einem seltsam in Schwarz und Weiß dekorierten Esszimmer setzten. Um sie herum saßen in kleinen Gruppen Männer, deren Gesichter den europäischen Stempel trugen. Hier und da war eine junge Frau zu sehen, die ihr Gegenüber über ihrem Rotwein anlächelte , wobei ihre weißen Zähne ihre dunklen Augen im Kontrast dazu noch auffälliger machten. Es gab nichts eindeutig Amerikanisches in der Szene, außer einem kleinen, aktiven, kleinen Zeitungsjungen, der von Tisch zu Tisch eilte, die Abendausgabe der Posaune verkaufte *und* mit einer Stimme, die an einen althergebrachten Akzent erinnerte, um Schirmherrschaft bat. Fenton fügte dem Bild jedoch bald noch ein weiteres einheimisches Merkmal hinzu, indem er einen Manhattan-Cocktail bei einem Kellner bestellte, der aussah, als wäre er ein Anwärter auf den Thron Frankreichs, und langsam daran nippte, während er darauf wartete, dass Stoughton sich erklärte.

„Sehen Sie", fuhr der jüngere Mann fort, dessen hübsches Gesicht bereits begonnen hatte, die brennenden Blicke einiger beeindruckender junger Frauen an den Tischen um ihn herum auf sich zu ziehen, „Sie sehen, ich hatte die Wahl, in die Bank in Norwich zu gehen, und je nachdem auf den Einfluss meines Vaters, um mich in einem Lebensbereich voranzutreiben, den ich verabscheue, oder um nach New York zu kommen, um meiner natürlichen Neigung zu folgen und meine Ansichten durch den Kontakt mit allen möglichen Menschen zu erweitern. Natürlich hoffte mein Vater, dass ich mich für den ersten Weg entscheiden würde. Aber wie könnte ich? Wie gut diese Suppe ist, Fenton."

„Ja", antwortete der ältere Journalist, der viel gepflegter war als bei unserem ersten Treffen; „Das Abendessen, das hier serviert wird, ist im Allgemeinen ziemlich genießbar – besonders gut, wenn der Wirt erkennt, dass Sie ein Zeitungsmann sind. Das nächste, was einem Millionär in New York gleichkommt, mein Junge, ist, Stadtredakteur zu werden." Fenton lächelte auf seine übliche sarkastische Art.

„Dann gehe ich morgen Abend einen Haken hoch", bemerkte Richard spielerisch. „Ich esse heute Abend mit einem Stadtredakteur und morgen Abend mit einem Millionär ."

"In der Tat." Fenton sah seinen Begleiter mit einem Ausdruck des Interesses im Gesicht an.

"Ja; Vor ein paar Tagen erhielt ich eine Nachricht von einem entfernten Verwandten meines Vaters, Percy-Bartlett, der mich bat, ihn in seinem Büro aufzusuchen. Er besitzt Immobilien, glaube ich; aber nach der Zahl seiner Angestellten zu urteilen, glaube ich nicht, dass er selbst überlastet sein kann. Auf jeden Fall war er auf seine Art, mich nicht anzufassen, recht herzlich, und ich versprach, morgen Abend mit ihm und seiner Frau zu essen. Ich glaube, er war erstaunt, als er feststellte, dass ich kein Reporter mehr war, denn seine Herzlichkeit wuchs, als ich ihm von meiner Beförderung erzählte."

Fenton lächelte eher kalt und füllte sein Glas mit Rotwein.

„Kein Wunder, dass er erstaunt war, mein Junge", sagte er, als er seinen Kelch abstellte; „Ich bin seit fast fünfzehn Jahren im aktiven Zeitungsdienst tätig, und Ihre Beförderung aus den Reihen ist das überraschendste Ereignis in meiner Erinnerung."

„Ich denke, es ist bemerkenswert", kommentierte Richard, als der Kellner ihnen Wild servierte, das stark genug war, um gegen das Gesetz zu verstoßen. „Ich habe es selbst noch nicht ganz verstanden."

„In gewisser Hinsicht ist es ganz einfach", fuhr Fenton fort. „,Dem, der hat, soll gegeben werden', wissen Sie, ,und dem, der nicht hat' usw. Wenn Sie nach einer Stelle als kürzerer Autor oder Redaktionsredakteur gesucht hätten, hätten Sie sie nicht bekommen können, aber auf den ersten Blick hätten Sie sie bekommen kommt ungewollt zu dir."

„Erzähl mir alles, was du darüber weißt, Fenton", schlug der junge Mann vor, während er an seinem Kaffee nippte.

„Es gibt sehr wenig zu erzählen", antwortete sein Begleiter, während er sich eine Zigarre anzündete und zufrieden auf das lebhafte Gesicht vor ihm blickte. „Eine Zeitung ist ein unersättliches Biest. Sein Schlund ist niemals zufrieden. Es verschlingt Verstand, Talent, Kultur, Fleiß, Jugend, Reife, Witz, Weisheit, mit einem Appetit, der mit dem, wovon es sich ernährt, wächst. Es ist das hungrigste Monster, das die Jahrhunderte hervorgebracht haben, und seine Nahrung sind Menschenleben."

„Was für ein schreckliches Bild!" rief Richard fröhlich. „Aber es geht mir nicht um den Status einer Zeitung im kannibalischen Bereich, sondern um den Grund dafür, dass ich einen Schreibtisch in den Redaktionsräumen bekomme."

„Das ist es, worauf ich hinaus wollte, Herr Ungeduld. Aber Sie müssen mich auf meine eigene Art und Weise darauf einlassen. Lass mich dich vor Ungestüm warnen, Junge, und vor diesem schrecklichen Leiden, das gemeinhin „der große Kopf" genannt wird. Du bist wie eine Rakete aufgestiegen. Wenn du nicht aufpasst, wirst du wie ein Stock umfallen. Und nun zur Ursache Ihres Aufstiegs. Wisse also, mein junger Freund, dass es in der Zeitungsbranche selten Männer gibt, die Epigramme verfassen können. Um eine Faktensäule in einen Zentimeter Feuerwerk zu packen, ist eine besondere Geisteshaltung erforderlich . Man kann von Paragraphen wie von Dichtern sagen, dass sie geboren und nicht gemacht sind. Nun haben Sie, ohne es zu wissen, in mehreren Ihrer Nachrichten den Beweis erbracht, dass Sie der siebte Sohn eines Cousins zweiundvierzigsten Grades sind und die Quelle der Wahrheit mit einem paradoxen Sprung ausloten können. Mr. Robinson, ein geschäftsführender Redakteur mit argusäugigem Blick, falls es so etwas jemals gegeben hat, war von Ihren funkelnden Verallgemeinerungen angezogen und stellte Erkundigungen über Sie ein. Er schickte nach mir, und ich sagte ihm, dass seine Redaktion vor allem einen jungen Paragraphen brauchte. Und da bist du."

Richard lachte. „Ich bin Ihnen zu großem Dank verpflichtet, Fenton. Mir ist aufgefallen, dass es eine der Lieblingsbeschäftigungen von Männern ungewissen Alters ist, einen jungen Mann einen Jungen zu nennen."

„Gut getroffen, Richard", rief der ältere Mann, fuhr mit einer Hand durch seine eisengrauen Locken und bedeutete mit der anderen dem Kellner, sein *Likörglas wieder aufzufüllen* ; „Ich mag deinen – deinen ‚Sperma'." Nennen sie es nicht so „Down East"? Etwas anderes. Du hast mir einen sehr schlüssigen Beweis dafür geliefert, dass ich dich mag. Wissen Sie, mein Alter ist mein sensibler Punkt. Ist es nicht merkwürdig, dass ein Mann, der stolz auf seine Hingabe an die reine Vernunft ist, der sich der Tatsache rühmt, dass zwei und zwei vier ergeben, und dessen Leben der Klassifizierung von Fakten und der Darstellung der Wahrheit zur Erbauung gewidmet ist Sollte die Öffentlichkeit zögern, anzuerkennen, dass er an einem bestimmten Datum geboren wurde? Na ja, egal! Selbst die größten Männer haben Make-up-Fehler, Richard – und ich habe meine."

Als sie das Restaurant verließen und gemütlich in Richtung Broadway schlenderten, stellten sie fest, dass die Straßen weniger überfüllt waren als noch eine Stunde zuvor.

„Es ist die Zeit", sagte Fenton, „in der die Stadt einen Moment von der Arbeit ruht und innehält, um zu Atem zu kommen, bevor sie sich aufzulösen beginnt – die Pause zwischen ihrer Arbeit für irdische Zuchtmeister und ihrer Arbeit für Satan."

„Was für ein Zyniker du bist, Fenton!" rief Richard fast abfällig aus.

„Überhaupt nicht, mein Junge. Eines Tages werde ich dir sagen, wer ich bin . Ich bin weit davon entfernt, ein Zyniker zu sein; Aber es macht mich traurig, wenn ich daran denke, dass dieses gesamte Gesellschaftsgefüge eine heldenhafte Behandlung durchmachen muss, bevor wirkliche Fortschritte in der Zivilisation erzielt werden können."

"Wie meinst du das?"

„Ich habe gerade keine Zeit, es zu erklären. Ich gebe Ihnen ein paar Bücher zum Lesen, und vielleicht werden Ihnen die Augen für bestimmte Wahrheiten geöffnet, die Ihre gesamte Lebenstheorie verändern werden. Es kommt selten vor, dass ich versuche, mich von meinen Ansichten zu überzeugen, aber ich habe bei Ihnen oberflächliche Anzeichen dafür beobachtet, dass Sie Köpfchen haben. Wenn ja, ist es an der Zeit, dass Sie lernen, dass Sie in einer der kritischsten Zeiten der Weltgeschichte leben, sich bewegen und leben. Wir stehen am Rande großer Ereignisse, mein Junge, großer Umwälzungen und gewaltiger Veränderungen. Sie werden sie wahrscheinlich noch erleben. Ich kann es tun oder auch nicht. Aber ob ich es tue oder nicht, wird für mich und die Welt kaum einen Unterschied machen. Aber genug davon. Ich muss ins Büro. Und Sie, glücklicher Mann, haben den Abend für sich. Was wirst du damit machen?"

„Gehen Sie, um De Reszkes und Melba in ‚Faust' zu hören, denke ich."

„Tolles Vorhaben! Es wird dir gut tun. Es ist viel angenehmer, Mephistopheles auf der Bühne zu sehen, als im wirklichen Leben gegen ihn zu kämpfen. Ich beneide dich, mein Junge. Und morgen Abend essen Sie mit einem Millionär . Seien Sie vorsichtig, Richard; Erinnere dich an Nathan Hale."

„Ich verstehe den Sinn nicht", bemerkte der Jugendliche nachdenklich.

„Das hätte ich nicht gedacht", antwortete Fenton; „Aber vergessen Sie nicht, morgen zu mir zu kommen, um diese Bücher zu holen. Wenn Sie möchten, erzähle ich Ihnen gleichzeitig, was ich über die Percy-Bartletts weiß. Gute Nacht."

Fenton bestieg eine Seilbahn, die in die Stadt fuhr, und Richard Stoughton schlenderte launisch den Broadway entlang.

„Fenton ist eine seltsame Mischung", murmelte er vor sich hin. „Ich frage mich, worauf er hinaus wollte."

KAPITEL IV.

„ICH FÜRCHTE", bemerkte Mrs. Percy-Bartlett und blickte Richard Stoughton mit einem zufriedenen Ausdruck in ihren braunen Augen an, „dass Sie die Kunst der Schmeichelei am College studiert haben und noch nicht erkannt haben, dass sie wertlos ist." Sie hatte ein kleines Liebeslied gesungen, das sie kürzlich komponiert hatte, und die mitreißende Melodie hatte das Gesicht des jungen Mannes vor Freude erröten lassen. Ohne viel über die Wissenschaft der Musik zu wissen, war er sehr sensibel für deren Einfluss.

Als er am Klavier stand und in das lächelnde Gesicht der schönsten Frau blickte, die er je getroffen hatte, segnete Richard innerlich das unerwartete Telegramm, das Percy-Bartlett in seinen Club gerufen hatte, bevor der Kaffee beim Abendessen serviert worden war. Zu der Zeit, über die wir schreiben, befanden sich die finanziellen Angelegenheiten der Nation in einem gestörten Zustand; und Percy-Bartlett hatte wie andere Millionäre das Gefühl, dass sich ihm eine große Gelegenheit geboten hatte, Patriotismus und Besonnenheit zu verbinden, indem er einer unvorsichtigen Nation zu einem hohen Zinssatz Hilfe gewährte. Sein Vater hatte während des Bürgerkriegs einen solchen Kurs eingeschlagen. Percy-Bartletts finanzieller Patriotismus war sozusagen erblich, und er hatte das Haus an diesem Abend mit der festen Entschlossenheit verlassen, seiner bedrängten Regierung den Zehnten seines Vermögens gegen eine goldumrandete Sicherheit anzubieten, damit die Nachwelt ihn einlösen könne.

„Sie tun mir Unrecht, Mrs. Percy-Bartlett", antwortete Richard und erwiderte ihr Lächeln. „Ich weiß, dass meine Meinung zu Ihrem Lied aus technischer Sicht keinen großen Wert hat, aber ich kann gut verstehen, wie froh die Verlage sind, Ihr Werk zu bekommen."

Richard hatte an diesem Nachmittag von John Fenton viel über die Percy-Bartletts erfahren. Er hatte von der Bedeutung des Mannes in Gesellschaft, Geschäftskreisen und im Clubleben gehört, von der Hingabe seiner Frau an die Musik und von ihrem Talent als Liedermacherin. Aber Fenton hatte ihm nicht gesagt, dass Mrs. Percy-Bartlett braune Augen hatte, die manchmal einen bettelnden, fast streichelnden Ausdruck hatten, dass ihr Mund ziemlich groß, aber wunderbar symmetrisch war und besonders attraktiv, wenn sie lächelte und ihre weißen, gleichmäßigen Zähne zeigte . Fenton hatte auch über ihr braunes Haar geschwiegen – Haar, das sich lockte und schimmerte und mit einem koketten Eigenleben wehte, und das in Richard Stoughton den fast unwiderstehlichen Wunsch weckte, es mit der Hand zu streicheln. Sein Freund hatte ihm nicht mitgeteilt, dass sie einen weißen, kräftigen Hals, abgerundete, mit Grübchen versehene Arme und lange, spitz zulaufende

Hände hatte, die einer Bildhauerkunst würdig waren. Vielleicht wusste Fenton das alles nicht.

„Auf jeden Fall", dachte Richard bei sich, „neige ich zu der Annahme, dass Fenton, wenn er ihre Schönheit sehen *könnte* , obwohl er sie vielleicht bewundern würde, einen Grund finden würde zu sagen, dass sie kein Recht darauf habe – so viel." Davon, wie sie von ihren hübschen Vorfahren abstammte, handelte es sich um unrechtmäßig erworbenen Gewinn." Dieser Gedanke, wie der Leser bemerken wird, bewies, dass Richard die Bücher, die Fenton ihm gegeben hatte, überflogen hatte und, wie er fest glaubte, auf bestimmte Argumente gestoßen war, die ihm auf Trugschlüssen zu beruhen schienen. Stoughton ging nie sehr tief auf ein Thema ein, das ihm vorgelegt wurde. Er verfügte über die geistige Fähigkeit, die es ihm ermöglichte, mit einem Blick einen großen Teil des Sachverhalts abzudecken und die Ergebnisse seiner schnellen geistigen Prozesse in auffälligen Halbwahrheiten zu verdichten. Es war diese Gabe – eine gefährliche Gabe für einen Mann, der sein Leben eher zu einem soliden als zu einem glänzenden Erfolg führen möchte –, die ihm plötzlich einen prominenten Platz auf der *Posaune* verschaffte, als der schärfste Absatz, den die Leitartikelseite seit Jahren hatte. Und es war diese Fähigkeit, angewandt auf die oberflächlichen Nichtigkeiten unwichtiger Gespräche, die ihm den Ruf eines Witzbolds eingebracht hatte – ein Ruf, der weitaus mehr zu fürchten war als der eines Lebemanns. Keine Frau hat Angst vor einem Lebemann, aber sie hat eine tiefe Angst vor einem Witzbold.

„Aber kommen Sie, Mr. Stoughton", sagte Mrs. Percy-Bartlett, stand auf und sah ihn mit gespieltem Mitleid an, „ich war sehr grausam, Ihnen meine Musik aufzuzwingen, obwohl ich weiß, dass Sie für eine Zigarre sterben." Kommen Sie in die Bibliothek und lassen Sie mich meinen Mangel an Gastfreundschaft beheben. Herr Percy-Bartlett hätte das Gefühl, ein Sakrileg begangen zu haben, wenn er nach dem Abendessen keine Zigarre geraucht hätte."

„Eine solche Gesellschaft wäre etwas Schlimmeres als ein Sakrileg", bemerkte Stoughton, zündete sich ein „Perfecto" an und setzte sich seiner Gastgeberin gegenüber; „Es wäre Torheit."

„Nach der Heirat kann es keine Torheit mehr geben, Mr. Stoughton, wissen Sie. Ich meine natürlich in unserem Set. Eine Sache hat entweder eine gute Form oder eine schlechte Form. Was eine gute Form ist, mag der Welt als Ganzes töricht erscheinen, und was eine schlechte Form ist, kann in Wirklichkeit klug sein. Aber unser Motto *„noblesse oblige"* hat absolut nichts mit Torheit oder abstrakter Weisheit zu tun. Es setzt lediglich die Verpflichtung unsererseits voraus, bestimmte Geschmacksregeln und Lebensgewohnheiten einzuhalten, die nichts mit Weisheit oder Torheit,

Tugend oder Laster, Fortschritt oder Rückschritt zu tun haben. Aber Sie wissen das alles so gut wie ich."

„Nur im Allgemeinen", antwortete Richard, etwas überrascht über ihren Ernst. Er hatte das Gefühl, dass sie irgendwie versucht war, ihn vertraulicher zu behandeln, als es die Dauer ihrer Bekanntschaft unbedingt rechtfertigte. „Ich hatte bisher kaum Gelegenheit, die verschiedenen Phasen der New Yorker Gesellschaft zu studieren."

„Aber", beharrte sie, ihr Gesicht war vor Eifer leicht gerötet, „es gibt keinen Unterschied zwischen dem sozialen Kult der exklusivsten Gegend New Yorks und dem, der den inneren Kreis anderer Städte in dem, was wir den östlichen Gürtel von nennen könnten, dominiert." Zivilisation. Dieser schreckliche Frankenstein namens „Bad Form", ein von der Gesellschaft geschaffenes Monster, das uns ständig auf den Fersen ist, ist nicht auf New York beschränkt. Haben Sie seine drohenden Blicke in Ihren Städten in Neuengland nicht ertragen?"

„Ja", gestand Richard; „Ich kenne die Kreatur – und in gewissem Sinne glaube ich, dass ich vor ihr weggelaufen bin. Ich kam gegen den Willen meines Vaters hierher nach New York, damit ich mein Leben so leben konnte, wie mich meine Vorlieben und Neigungen inspirierten, und nicht so, wie es einige Auserwählte in meiner Heimatstadt mir vorschrieben."

Mit einer ungestümen Geste legte Mrs. Percy-Bartlett für einen Moment ihre Hand auf seine und errötete leicht, als sich ihre Blicke trafen.

„Weißt du", sagte sie, „ich verspüre eine fast unwiderstehliche Neigung, dir ein Geheimnis zu verraten, ein Geheimnis, das alle Welt kennt, das ich aber noch keiner Menschenseele gestanden habe." Ein seltsames Lächeln spielte um ihren Mund.

„Ich werde mich mehr geschmeichelt fühlen, als ich Ihnen sagen kann", rief Richard mit deutlichem Nachdruck.

„Na ja", fuhr Mrs. Percy-Bartlett fort, „ich bin eine Rebellin." Denken Sie daran, Mr. Stoughton, dass ich das zum ersten Mal gesagt habe. Ich weiß kaum, warum ich es dir gesagt habe; aber irgendwie fühle ich mich in einigen Punkten durchaus mit Ihnen verbunden, und Sie scheinen eher ein alter Freund als ein neuer Bekannter zu sein."

Vielleicht würde sie dieses Gefühl später gründlicher analysieren und erkennen, dass sie in einer Krise ihres Lebens angelangt war, als sie ein attraktiver Mann in der ersten Blüte ihrer Jugend war, der immer noch über eine frische Sicht und den Enthusiasmus neu erprobter Kräfte verfügte Sie erlangte bereits Anerkennung in der Welt und stimulierte den Teil ihres

Wesens, den die Atmosphäre, in der sie lebte, eher unterdrückte. Aber im Moment hatte sie nicht damit aufgehört, sich zu fragen, warum Richard Stoughton sie anzog. Sie hatte sich einfach der Faszination hingegeben, die er für sie ausübte, und die Lösung des Problems, wie weit sie sich von dieser Faszination beeinflussen lassen sollte, der Zukunft überlassen.

„Als Rebell", bemerkte Richard ernst, „grüße ich Sie. Ich glaube, ich verstehe Ihre Revolte."

„Das weiß ich", rief sie begeistert. „Sehen Sie, es ist für mich völlig zulässig, Musik als eine Leistung zu kultivieren; Aber es ernst zu nehmen, etwas daraus zu machen, Lieder zu schreiben, die auch Leute außerhalb unseres Kreises singen – das ist, wie Sie wissen, eine schlechte Form. Ich versichere Ihnen, Mr. Stoughton, es erforderte einiges an Mut, es zu tun."

„Aber es nicht zu tun wäre ein Verbrechen gewesen", sagte Richard und zog nachdenklich an seiner Zigarre.

„Aber ein Verbrechen im Interesse des guten Geschmacks ist nicht nur zulässig, sondern sogar zwingend erforderlich", erwiderte Frau Percy-Bartlett lächelnd. „Sie müssen verstehen, dass es einen großen Unterschied macht, ob man in den Zeitungen als eine der bestgekleideten Frauen des Patriarchats steht oder als Komponistin bezeichnet wird – sowohl beliebt als auch vielversprechend."

„Du meinst, dass die Gesellschaft dich dazu verurteilen würde, mit all deiner Musik in dir zu sterben?"

„Praktisch ja; aber ich weigerte mich, dem Urteil Folge zu leisten. Deshalb bin ich ein Rebell."

Sie stand auf und er folgte ihr ins Musikzimmer.

„Hier ist ein kleines Ding", sagte sie und schlug ein paar Akkorde auf dem Instrument an, „das ich nie an meinen Verleger geschickt habe."

Die Akkorde gingen in ein seltsames, fast barbarisches Vorspiel über. Dann begann sie zu singen. Sie hatte die Worte von Heines kleinem Juwel kristallisierter Unruhe verwendet:

„Eine Kiefer steht einsam,

Auf einer fernen Norland-Höhe;

Es schlummert , während es um es herum ist

Der Schnee fällt dick und weiß.

Und von einer Palme träumt es

Dass in einem südlichen Land,

Einsam und still steht

Inmitten des treibenden Sandes."

In der Musik lag Leidenschaft, Protest, Sehnsucht, und der Refrain verklang und erklang wieder wie das Schluchzen eines gebrochenen Herzens.

Richard beugte sich über sie und sah ihr in die Augen, dunkel vor Tränen. Seine Stimme zitterte , als er flüsterte:

"Es tut mir so leid für dich."

Sie stand auf und stand vor ihm, ein eigenartiges Lächeln im Gesicht.

„Ist es nicht schwer", sagte sie, „zwischen dem Wirklichen und dem Unwirklichen zu unterscheiden? Wenn wir gemeinsam in das unbekannte Land gehen, kommt es uns vor, als wären wir schon seit Ewigkeiten befreundet. Dann kehren wir in die Realität zurück, und ich setze mich hier hin und wir reden über das Wetter. Und das ist natürlich viel besser. Es ist, wissen Sie, eine schlechte Sitte – oh, wie bin ich dieser Phrase überdrüssig – , wenn du mir sagst, dass du Mitleid mit mir hast."

Richard lehnte sich gegen das Klavier und blickte nachdenklich auf sie herab.

„Ja – und absurd. Warum sollte ich Mitleid mit dir haben? Nehmen wir zum Beispiel an – und das ist natürlich nicht möglich –, dass ich meinem zynischen Freund Fenton, über den ich irgendwann mit Ihnen sprechen möchte, erzählen würde, dass ich eine junge, schöne, wohlhabende Frau kennengelernt habe, die von der Gesellschaft auf wunderbare Weise umworben wird Ich war eine talentierte Musikerin mit einem Genie und einer sensiblen Seele für alles, was im Leben edel und schön ist, und ich habe ihr mein Mitgefühl zum Ausdruck gebracht. Was würde er sagen?"

„Wahrscheinlich", schlug Mrs. Percy-Bartlett mit einem Anflug von Rücksichtslosigkeit in der Stimme vor, „würde Ihr Freund Fenton, wenn er ein Mann von Welt ist – und er ist wahrscheinlich, wie Sie ihn nennen, zynisch – Sie fragen ob dieses unglückliche Wesen verheiratet oder unverheiratet war. Wenn du ihm sagst, dass sie frei ist" –

"Also?"

„Nun, er würde Ihnen raten, Ihr Mitgefühl zu überprüfen und Ihre eigene Freiheit zu verteidigen."

„Und wenn ich sagen würde, dass sie verheiratet ist?"

„Er würde sagen, dass Sie sie schon lange kennen müssen, um sich eine solche Freiheit zu nehmen." Den Worten wurde durch das Lächeln, das sie begleitete, ihre Härte genommen.

„Verzeih mir bitte", flehte er und beugte sich über sie. „Wie kann ich dagegen vorgehen, wenn mir Worte ungebeten über die Lippen kommen, wenn ich vergesse, dass ich dich erst seit ein paar Stunden kenne? Willst du mir nicht die Absolution erteilen, bevor ich gehe?"

Sie stand auf und reichte ihm die Hand.

„Ich habe dir vergeben", sagte sie. "Es war meine Schuld. Du bist zu empfindlich gegenüber Musik."

Dann fuhr sie mit dieser bezaubernden Widersprüchlichkeit fort, die die Faszination der Frau und das Leid der Welt so sehr steigert :

„Haben Sie eine Verabredung, Mr. Stoughton, für Freitagabend? NEIN? Ich würde mich sehr freuen, Sie an diesem Abend in unserer Loge im Metropolitan begrüßen zu dürfen. Wissen Sie, dass „ Sanson et Dalila" zum ersten Mal in diesem Land aufgeführt wird? Möchten Sie es hören?"

„Das ist sehr nett von dir", sagte er und nahm ihre ausgestreckte Hand. „Wie viel Freude mir Ihre Einladung bereitet, wage ich nicht zu sagen – aus Angst, mir eine Freiheit zu nehmen."

Sie lächelte fröhlich über seinen kleinen Sarkasmus, und als er sie verließ, tanzte noch immer das schelmische Licht in ihren Augen.

Sie drehte sich um, durchquerte den Salon und schlenderte ziellos in die Bibliothek. Bald saß sie am Klavier, aber es gab dort keinen Trost. Zum ersten Mal seit ihrer Erinnerung hatte sich ihre beste Freundin, ihr Vertrauter, der Anteil an ihren Freuden und Sorgen hatte, verlogen.

Sie warf sich auf einen Diwan, vergrub ihren Kopf in den Kissen und schluchzte bitterlich.

KAPITEL V.

„EIN Raub rechtfertigt keinen anderen."

So sagte Richard Stoughton zu John Fenton, als sie beim Abendessen im Restaurant des Astor House saßen, während Wind und Schnee am Broadway auf und ab spielten und die Männer den Schneesturm von 1988 mit dem Sturm verglichen, der damals tobte, und fragte sich übrigens, wie es der sternenäugigen Reformgöttin gefiel, die Straßen zu säubern.

Es war Freitagabend, und Richard beeilte sich mit seinem Abendessen, damit er noch rechtzeitig sein Zimmer erreichen konnte, um sich für die Oper umzuziehen. Er und Fenton waren gerade von einem Besuch in einem Mietshaus unweit des berühmten Hotels, in dem sie saßen, zurückgekommen, und ihr Gespräch hatte sich natürlich auf das große Problem konzentriert, das die Anblicke, die sie gesehen hatten, nahelegten.

„Komm mit", hatte Fenton eine Stunde zuvor zu dem jüngeren Mann gesagt. „Ich möchte Ihnen ein Bild zeigen, das einen auffälligen Kontrast zu der Szene bildet, die Sie heute Abend im Metropolitan sehen werden."

Etwas gegen seinen Willen hatte Richard zugestimmt, Fenton zu begleiten, und sie hatten eine Familie in einer Dachstube gefunden, die hungerte und fror, fast nur einen Steinwurf vom Rathaus entfernt. Es war eine schmerzhafte Erfahrung gewesen, nicht weniger für Fenton, der ihn durch seine langen Jahre als aktiver Zeitungsjournalist an die Phänomene gewöhnt hatte, die Laster und Armut in einer großen Stadt aufweisen, als für den jüngeren Mann, der sein Leben in den sonnigen Gegenden verbracht hatte des Wohlstands, und der kaum etwas über die äußeren Aspekte des menschlichen Elends wusste, über das hinaus, was er sich vorstellen konnte.

„Erklären Sie sich", sagte Fenton ziemlich streng und füllte sein Sherryglas nach.

„Was ich meine, ist ganz einfach", antwortete Richard. „Ich habe die Bücher gelesen, die Sie mir gegeben haben, und ich erkenne an, dass sie ein erschreckendes Bild der Schrecken vermittelt haben, die scheinbar aus der ungleichen Verteilung des Reichtums resultieren. Ich glaube, ich bin sogar bereit zuzugeben, dass theoretisch niemand einen zufriedenstellenden Anspruch auf auch nur einen Quadratfuß der Erdoberfläche geltend machen kann. Aber es ist eine Sache, abstrakt zu argumentieren, und eine andere, das Leben im Konkreten zu betrachten. Wenn man zum Beispiel davon ausgeht, dass meine Vorfahren den Indianern Land gestohlen haben, die es möglicherweise einer prähistorischen Rasse gewaltsam weggenommen haben, ist das dann irgendein Grund, warum diejenigen, die an eine neue Steuermethode glauben, mir mein Eigentum entreißen sollten?"

Ein Lächeln, sowohl traurig als auch sarkastisch, lag um Fentons festen, unsymmetrischen Mund.

Halbtasse Kaffee nippte , „und im Großen und Ganzen bin ich nicht überrascht. Es tut mir auch nicht besonders leid. Die ökonomischen Theorien, auf die ich Ihre Schritte lenken wollte, sind nicht dazu geeignet, Seelenfrieden zu schaffen. Wären Sie zu einem Enthusiasten des großen Kreuzzugs zur Einführung des Jahrtausends geworden, wären Sie vor Ihrer Zeit alt geworden, und der Druck der Dinge, die sind, würde Sie in Ihrem Bemühen, an den Dingen festzuhalten, die sein sollten, erdrücken, und das hätte ich auch getan Ich war dafür verantwortlich, dass du ein unzufriedenes und ruheloses Wesen wie mich geworden bist. Ich habe Ihnen gleich zu Beginn gesagt, dass ich nicht die Angewohnheit habe, zu versuchen, die Ansichten meines Herrn zu bekehren. Warum ich mit Dir experimentiert habe, kann ich kaum sagen. Ich hoffe, du verzeihst mir."

Das sanfte, liebevolle Lächeln auf Fentons Gesicht war ein ungewöhnlicher Gast in diesem strengen Gesicht. Richard streckte seinem Freund impulsiv die Hand hin.

„Es gibt nichts zu vergeben, alter Mann. Ich bin mir der Selbstlosigkeit bewusst, die Sie dazu veranlasst, sich nach einer Änderung der Bedingungen zu sehnen, die so viel menschliches Leid hervorrufen. Denken Sie nicht, dass ich so herzlos bin, dass die Szenen, die wir gerade gesehen haben, mich nicht berühren. Tun sie; und ich verstehe vollkommen, dass die Zukunft das größte Problem aller Zeiten hat, das noch gelöst werden muss. Aber Sie können sich nicht wundern, John Fenton, dass es mir in meinem Alter und mit meinen Aussichten schwer fällt, die gesamte Menschheit in mein Herz zu schließen und zu versuchen, Unrecht zu beheben, für das ich in keiner Weise verantwortlich bin."

Fenton paffte eine Weile schweigend an seiner Zigarre. Schließlich sagte er, mehr als spräche er mit sich selbst als mit seinem Begleiter:

„Ja, die Jugend ist *so* stark; aber die Freuden des Lebens weben ihr Netz, und die Stunde der Stärke vergeht! Heute Abend werden sich Jugend, Reichtum und Schönheit versammeln, um eine Allegorie zu hören – eine Allegorie, die Jahrhunderte alt ist – die alte, beeindruckende Geschichte von Simson und Delilah. Wird es in dieser großen Menschenmenge jemanden geben, der in dieser alten biblischen Legende die Geschichte der Stunde liest? Werden sie in Samson die Figur der amerikanischen Jugend sehen, die in ihrer Stärke glorreich ist und den List der Verführerin zum Opfer fällt? Sie werden sehen, wie dieserselbe Mann der Macht, der das ihm anvertraute kostbare Erbe entweiht hat, blind und wahnsinnig durch das Leid, das er sich selbst zugefügt hat, in seiner Raserei das prächtige Bauwerk über seinem ergebenen Haupt niederreißt; und sie werden in ihre Clubs, Ballsäle und Abendessen gehen und über Mantellis Stimme und Tamagnos Vorstellung von seiner *Rolle diskutieren* .

„'Oh, lass den Strücken -Hirsch weinen, den Hirsch ungallëd spielen,

Denn einige müssen zusehen, andere müssen weinen – so rennt die Welt davon."

Je älter ich werde, Richard, desto mehr staune ich über Shakespeares umfassendes Verständnis der menschlichen Natur, wie wir sie am Ende des 19. Jahrhunderts vorfinden."

Richard stand auf und zog seinen Mantel an.

„Nun, John", bemerkte er lächelnd, „dann werde ich einen Kompromiss mit dir schließen; Ich werde Shakespeare lesen und nicht den zeitgenössischen Schriftsteller, den Sie mir vorgestellt haben; und so möge deine Hoffnung auf meine Erlösung noch am Leben bleiben."

Fenton gab keine Antwort, und einen Moment später standen sie an der Tür und blickten durch die eisbedeckte Glasscheibe auf die windgepeitschte Straße. Einen Moment lang zögerten sie, sich in den winterlichen Wind zu stürzen. Plötzlich wandte sich Fenton seinem Begleiter zu.

„Wie hat Mrs. Percy-Bartlett Sie beeindruckt, Richard?"

Die Unerwartetheit der Frage ließ den jungen Mann nervös zusammenzucken.

„Ich finde sie", antwortete er zögernd, „eine sehr charmante Frau."

„Ja, das glaube ich", erwiderte Fenton schroff.

Dann stieß er die Türen auf und lief eilig über den Broadway. Richard Stoughton stand auf der Hoteltreppe und blickte verwundert auf die sich zurückziehende Gestalt seines exzentrischen Freundes.

KAPITEL VI.

TROTZ des Sturms hatte sich ein großes Publikum im Metropolitan Opera House versammelt. Die Uraufführung von Saint-Saëns' Oper „ Sanson et Dalila" war ein Magnet für die Menschenmenge, die eine biblische Geschichte ertragen kann, wenn sie ihnen in einem attraktiven Rahmen präsentiert wird. Der respektlose Buchanan Budd hatte Mrs. Percy-Bartlett zugeflüstert: „Das Alte Testament ist voller unbenutzter Libretti. Aber es ist seltsam, dass uns die ‚erste Lektion' des Gottesdienstes heute Abend aus dem bösen Paris vermittelt wird."

In der Parterreloge der Percy-Bartletts befanden sich vier Personen, als sich der Vorhang öffnete. Auf der Bühne waren die unglücklichen Hebräer zu sehen, die über den Verfall Jehovas und die Bedrängnisse trauerten, die ihnen von den Priestern des Fischgottes Dagon auferlegt wurden .

Direkt vor Richard Stoughton saß Gertrude Van Vleck , vorerst Mrs. Percy-Bartletts engste Freundin. Das bedeutet natürlich, dass sie sich einander auf behutsame Weise anvertrauten und mit enthusiastischer Bewunderung gegenüber Dritten übereinander sprachen.

Gertrude Van Vleck war seit zwei Saisons eine amtierende Schönheit. Die Gesellschaft hatte sie mit großer Begeisterung aufgenommen. Sie war reich, gutaussehend – in einem ziemlich auffälligen Stil – und ihr Blut war so blau wie alles, was ein neues Land hervorbringen kann. Doch nach ihrem ersten Auftritt als *Debütantin war* Gertrude Van Vleck im engeren Kreis nicht besonders beliebt. Natürlich hatte sie viele Verehrer gehabt, aber ihre Gleichgültigkeit gegenüber ihrem Werben hatte Anlass zu einer Bemerkung gegeben. Aber das war noch nicht alles. Von ihrer Mutter, die aus einer alten Familie aus Neuengland stammte, hatte Gertrude einen Hauch von Yankee-Humor geerbt, der in der Gesellschaft, in der sie lebte, nicht geschätzt wurde. In ihrer ersten Staffel hatte sich das Geflüster verbreitet, dass sie mehrere wirklich kluge Dinge gesagt hatte, und viele konservative Leute hatten dies für eine unberechenbare Tendenz ihrerseits gehalten, die ausgesprochen gefährlich war. Die Gesellschaft war sich nicht sicher, ob Gertrude Van Vleck nicht irgendwann einen Witz begehen würde, der ihre am meisten geschätzten Traditionen ins Wanken bringen würde. Das Schlimmste daran war, dass ihre Stellung in der Gesellschaft so fest etabliert war, dass sie es sich leisten konnte, ihrem Sinn für das Lächerliche und ihrer Neigung, die Dinge auf originelle Weise zu betrachten, nachzugeben. Die Gesellschaft war machtlos, sie zu disziplinieren.

Darüber hinaus wurde vermutet, dass Gertrude Van Vleck Sympathie für die Bemühungen der Frau hatte, sich von ihrer altehrwürdigen Unterwürfigkeit gegenüber dem Mann zu lösen und weitgehend unabhängig über die Probleme nachzudenken, die die Welt bewegen. Sie hatte den Bemühungen der Frauen, bei der letzten Wahl die politische Wende in den Schoß der Reform zu bringen, ihre Zustimmung gegeben – was auch immer das schwer fassbare Ding sein mag –, und sie war eine Pionierin der Bewegung gewesen, die für das Fahrrad Anerkennung gefunden hatte aus dem Swell-Set.

Richard Stoughton hatte von alledem etwas gehört; und er bemerkte, dass er Gertrude mit beträchtlicher Neugier betrachtete, während die Hebräer auf der Bühne ihr Leid zum Ausdruck brachten – Leid, das bei einem Publikum, das wusste, wie gut die unterdrückte Rasse in den letzten Tagen über alle Hindernisse gesiegt hat, wenig Mitgefühl erregte und einen Platz einnahm Hypothek auf einen Planeten, der ihnen praktisch kein Heimatland verweigert. Richard gestand sich ein, dass Miss Van Vleck gutaussehend war, dass ihre Augen einen himmelblauen Farbton hatten, der ihres Blutes würdig war, dass ihr dunkles Haar auffallend eindrucksvoll war, dass ihr weißer Hals und ihre Arme gut geschnitten waren. Er hatte auch das Gefühl, dass aus einem so fein geformten Mund wie ihrem nichts zu Bitteres kommen könnte, um einem vernünftigen Mann oder einer vernünftigen Frau zu gefallen.

Dennoch wandte er sich von der Betrachtung von Gertrudes statuarischen Schönheit ab und blickte auf die sanftere, aber ebenso wirkungsvolle Ausstrahlung von Mrs. Percy-Bartlett; und ihre Blicke trafen sich zum ersten Mal, seit er die Loge betreten hatte. Richard hatte das Gefühl, dass die Sympathie, die zwischen ihm und Mrs. Percy-Bartlett bei ihrem ersten Treffen zu bestehen schien, kein Traum, sondern Realität war; dass die Unruhe, die er verspürt hatte, seit er ein paar Nächte zuvor in ihre braunen Augen geschaut hatte, als er sich von ihr trennte, immer noch Linderung finden konnte, als er wieder in diese Augen blickte. Sie lächelte und beugte sich zu ihm.

„Ich habe keine Lust auf ein Oratorium, wie es dieser erste Akt zu sein scheint", flüsterte sie. „Ich würde lieber mit dir reden."

Richard beugte sich näher zu ihr. Der Duft ihres Haares erfüllte ihn mit einer subtilen Ekstase.

„Ich habe dir viel zu sagen", antwortete er, „über – über" –

"Worüber?" murmelte sie und lächelte über sein Zögern.

"Über dich. Ich selbst – die letzten paar Tage – ungefähr tausend Dinge, die – die dich langweilen könnten."

„Dann sag sie nicht", bemerkte sie. „Ich kann Langeweile nicht ertragen."

Sie drehte sich um, um auf die Bühne zu schauen, und Richard verspürte einen Anflug von Verärgerung über ihre Koketterie. Wäre er ein paar Jahre älter und etwas erfahrener im Umgang mit Frauen gewesen, hätte er sich über ihre Behandlung gefreut. Eine Frau verschwendet keine Koketterie an einen Mann, an dem sie kein Interesse hat.

Buchanan Budd und Gertrude Van Vleck waren gute Freunde. Da es in ihrer Bekanntschaft nie etwas Wärmeres gegeben hatte als die tiefe Wertschätzung der geistigen Wachsamkeit des anderen, empfanden sie große Freude an der Gesellschaft des anderen. Budd war von Natur aus ein ziemlich kluger Kerl; aber er hatte seine Klugheit nie über die Grenzen strenger Anstand hinausgehen lassen . Nachdem er in der Gesellschaft einen viel höheren Platz eingenommen hatte als seine Eltern, folgte er mit fast religiöser Ehrfurcht den von den Führern des Kreises, in dem er eine etwas prekäre Stellung innehatte, vorgeschriebenen Formen und Verordnungen. Er war ein gutaussehender Mann und hatte ein großes Vermögen geerbt; und so hatte die Gesellschaft die Tatsache übersehen, dass seine unmittelbaren Vorfahren im Handel tätig waren, und ihn in ihre heiligen Bezirke aufgenommen. Dennoch hatte er sich seiner Position nie ganz sicher gefühlt und es sich zur Gewohnheit gemacht, in der sehr engen Spur der Anführer seiner Truppe zu gehen.

„Finden Sie keinen Anlass zum Nachdenken?“ flüsterte er Gertrude Van Vleck im zweiten Akt der Oper zu: „In dieser unglücklichen Geschichte der Einmischung von Frauen in öffentliche Angelegenheiten?“

Sie richtete ihre dunkelblauen Augen auf ihn und lächelte kalt.

„Es gibt Frauen und Frauen“, erwiderte sie. „Es war Simsons Schwäche, die ihm und seinem Volk Unglück brachte.“

„Ich erkenne meine Niederlage an“, sagte Budd demütig. „Zu Samson kann ich nichts sagen, außer dass er recht gut singt.“

„Das ist anmutig von dir. Aber ehrlich gesagt, Mr. Budd, sind Sie nicht damit einverstanden, dass Frauen ins öffentliche Leben gehen und Fahrrad fahren?“

„Ob ich es tue oder nicht , macht kaum einen Unterschied, Miss Van Vleck . Die Zeiten sind vorbei, in denen die Meinung der Menschen zu diesen Themen überhaupt noch Gewicht hat. Der weise Mensch von heute ist derjenige, der offen zugibt, dass er kein Herr der Schöpfung mehr ist, und der sich dazu entschließt, in Stille zu leiden und sich an die neuen Bedingungen anzupassen.“

Gertrudes Augen funkelten fröhlich.

„Was für ein trauriges Bild!" rief sie leise aus. „Du tust mir genauso leid wie dieser arme hebräische Riese mit seinen gestutzten Locken und seinen blinden Augen. Aber ich bin sehr froh, Herr Budd, dass Sie nicht geneigt sind, die Schläfe um unseren Kopf einzureißen."

Richard hatte mit Mrs. Percy-Bartlett über John Fenton gesprochen.

„Sie interessieren mich für den Mann", sagte sie ernst. „Ich habe eine vage Vorstellung davon, wie Mr. Percy-Bartlett vor fünfzehn oder zwanzig Jahren von ihm als einem brillanten, aber exzentrischen Mann guter Herkunft gesprochen hat, der in der Gesellschaft eine ziemliche Figur gemacht hat. Ich glaube, er hatte eine unglückliche Liebesbeziehung, die ihn in die Zerstreuung trieb. Dann verschwendete er sein Vermögen und verschwand außer Sichtweite."

„Ich wusste das alles nicht", sagte Richard nachdenklich; „Aber es erklärt mehrere Dinge. Auf jeden Fall hat Fenton eine große Faszination auf mich ausgeübt. Ich mag ihn wirklich mehr als jeden Mann, den ich in New York getroffen habe. Dies ist umso seltsamer, als ich mit keiner seiner Ideen oder Theorien einverstanden bin. Es ist seltsam, wie wir uns zu Menschen hingezogen fühlen oder von ihnen abgestoßen werden, ohne erklären zu können, warum wir einen Mann mögen und einen anderen verabscheuen, warum eine Frau uns frauenfeindlich macht und eine andere uns alles außer dem Himmel vergessen lässt, der in ihr liegt. " —

Richard zögerte.

"Also?" flüsterte Mrs. Percy-Bartlett und blickte eher schüchtern zu ihm auf.

„Der Himmel, der in ihren tiefen, braunen Augen liegt", murmelte er unbekümmert, als das Haus nach einem mitreißenden Duett zwischen Samson und Delilah in Applaus ausbrach.

Als sich die Oper ihrem Ende näherte, wandte sich Mrs. Percy-Bartlett, die nachdenklich auf die Bühne geblickt hatte, ohne von dem dort aufgeführten Drama sonderlich beeindruckt zu sein, an Richard und sagte :

„Ich soll am Dienstagabend ein kleines Musical geben. Glauben Sie, Sie könnten Mr. Fenton überreden, dorthin zu kommen?"

Richard sah sie einen Moment lang schweigend an. Er war überrascht über ihren Vorschlag.

„Ich kann nicht für ihn antworten", sagte er schließlich. „Er ist sehr exzentrisch."

„Deshalb möchte ich, dass er kommt", erwiderte Mrs. Percy-Bartlett hartnäckig. „Es gibt etwas in seiner Karriere und in seiner Persönlichkeit, wie Sie es beschreiben, das mich dazu bringt, ein Experiment mit ihm zu versuchen."

Richard warf ihr einen fragenden Blick zu. Er war in diesem Moment nicht ganz mit ihr einverstanden. Sie schien seinen Gesichtsausdruck zu verstehen.

Vleck kennenlernt ", erklärte sie und lächelte ihn offen an.

Richard erwiderte ihr Lächeln und sagte: „Ich werde ihn mitbringen, wenn ich kann." Dann fügte er nach einer Pause hinzu: „Aber das Zeitalter der Wunder ist vorbei."

Kapitel VII.

„ER hat auf jeden Fall ein äußerst attraktives Gesicht, Harriet", bemerkte Gertrude Van Vleck und sah Mrs. Percy-Bartlett amüsiert an; „Aber ist er nicht sehr jung?"

„Vielleicht ist er es in gewisser Hinsicht", stimmte die ältere Frau zu und schlug ungeduldig ein paar Akkorde auf dem Klavier. „Aber er ist genau in meinem Alter – und ich bin sehr alt."

Gertrude lachte und machte es sich in einem Sessel bequem, um vertraulich mit ihrer Busenfreundin zu plaudern. Es war früher Nachmittag an einem strahlenden Wintertag, und das Musikzimmer im Haus der Percy-Bartletts war im Moment ein sehr gemütlicher kleiner Beichtstuhl.

„Ich wünschte, ich könnte Männer in meinem Alter mögen", überlegte Gertrude, während ihr Blick immer noch nachdenklich auf dem ziemlich verstörten Gesicht ihrer Begleiterin ruhte. „Aber ich kann nicht; In meinen Neigungen und Abneigungen scheint wirklich etwas völlig falsch zu sein. Ein Mann von vierzig hat etwas Autoritätsvolles, das mir gefällt. Aber in unserer Gruppe sind die Männer mit vierzig entweder Ehe-Unmögliche oder eingefleischte Junggesellen."

Mrs. Percy-Bartlett lachte fröhlich.

„Wie sehr wir uns nach Kontrasten sehnen", rief sie aus. „Du leidest unter zu viel Aufmerksamkeit von Jungs, die gerade das College abgeschlossen haben, und ich – nun ja, ich bin mit einem fast vierzigjährigen Mann verheiratet."

„Schließlich, Harriet, glaube ich nicht, dass das Alter so viel damit zu tun hat, wie wir zu behaupten scheinen." Gertrude legte ihre Hände um ihr Knie, während sie sich nach vorne beugte und ernst zu ihrer Freundin aufblickte. „Es gibt eine Sache, die die neue Bewegung unter den Frauen unserer Klasse getan hat. Es neigt dazu, uns von Männern zu ermüden, die alle einem Muster folgen. Nehmen Sie ein beliebiges wichtiges Thema und fragen Sie einen unserer Männer, was er darüber denkt. Lieber kleiner Papagei, er wird dir das allgemeine Urteil seines Vereins zu der betreffenden Frage wiederholen, ohne den geringsten Verdacht zu hegen, dass er eine geistige Marionette ist."

„Das ist sehr wahr", stimmte Frau Percy-Bartlett zu. „Vielleicht erklärt Ihnen diese Tatsache, warum ich gerne mit Richard Stoughton spreche."

„Oh", rief Gertrude, ihr Gesicht zeigte eine Lebhaftigkeit, die es in der Öffentlichkeit selten zeigte. „Dann ist er durch den Butterungsprozess noch nicht verwöhnt? Er verhält sich auf jeden Fall wie andere Männer der

Gesellschaft seines Alters. Sein Gesicht ist strahlender als das eines durchschnittlichen Jugendlichen , aber eine weitere Saison wird das alles ändern.“

Mrs. Percy-Bartlett drehte sich auf dem Musikhocker um und blickte Gertrude ernst ins Gesicht.

„Er ist kein Mann der Gesellschaft, mein liebes Mädchen. Er *könnte* das *Hauptgericht haben* , wenn er es wollte. Seine Leute sind in Connecticut sehr bekannt, und in Yale war er in der besten Besetzung. Aber wissen Sie, obwohl er viel Geld hat, ist er in einer sehr seltsamen Branche ziemlich ehrgeizig.“

"Ja?" fragte Gertrude, neugierig auf die Gefühle ihrer Freundin gegenüber Richard.

"Ja. Er ist ein Zeitungsmann. Wissen Sie, er spielt die *Trompete* und war auf die eine oder andere Weise wunderbar erfolgreich. Er schreibt furchtbar kluge Dinge für die Redaktionsseite. Percy-Bartlett sagt, dass es für einen so jungen Mann wie Richard Stoughton höchst ungewöhnlich sei, mit einem Sprung in eine so herausragende Position zu springen.“

„Ein Zeitungsmann. Ist das nicht amüsant! Ich habe noch nie einen getroffen.“

„Nun“, kommentierte der Musiker, drehte sich um und trommelte leise auf dem Klavier, „eines lässt sich über sie sagen; Sie müssen klug sein, sonst könnten sie keine Zeitungsleute sein.“

„Das ist eine sehr pauschale Behauptung“, bemerkte Gertrude und lächelte amüsiert. „Ich frage mich, ob das auf Zeitungsfrauen zutrifft.“

"Ich weiß nicht; „Ich habe noch nie einen getroffen“, antwortete Mrs. Percy-Bartlett kalt.

„Aber sagen Sie es mir “, beharrte Gertrude, ihre blauen Augen dunkel vor Schalk; „Was wirst du mit ihm machen?“

Fast unbewusst begann Mrs. Percy-Bartlett, die Melodie zu spielen, die sie zu Heines Gedicht über die Kiefer, die von der Palme träumte, komponiert hatte. Plötzlich hörte sie auf zu spielen und blickte Gertrude ernst an.

„Ich weiß es nicht“, sagte sie schließlich und das schelmische Licht erlosch aus Gertrudes Augen.

„Ich verstehe dich nicht, Harriet“, sagte sie sehr ernst. „Das meinst du nicht so“ –

„Ich meine nichts", rief Mrs. Percy-Bartlett ziemlich fieberhaft, wandte sich dem Klavier zu und spielte ein paar Takte der neuesten Walzermusik. Dann drehte sie sich um und sagte:

„Du bist unfreundlich, Gertrude. Sie sind unverheiratet, nicht verlobt und können an jedem Mann, ob verheiratet oder nicht, so viel Interesse zeigen, wie Sie möchten, und die Welt hört nicht auf, über Sie zu klatschen — natürlich nur, wenn Sie nicht gehen auf skandalöse Weise weiter. Aber lassen Sie eine verheiratete Frau einem Mann, der nicht ihr Ehemann ist, auch nur die geringste Aufmerksamkeit schenken, und alle fangen an zu flüstern, zu nicken und zu lächeln, und Sie können froh sein, wenn *Town Tattle* im engeren Kreis nicht anfängt, eine weitere Scheidung anzudeuten . Es ist mir egal, wie viele Leute meine Lieder singen und meine Musik bewundern, aber ich wünschte, sie *würden* aufhören, über *mich zu reden* . Kannst du mir sagen, Gertrude, warum ich nicht das Privileg haben sollte, mit — zum Beispiel Richard Stoughton — zu sprechen, ohne darüber zu klatschen?"

„Das Problem ist, wissen Sie, Harriet", antwortete Gertrude, während das schelmische Leuchten in ihre Augen zurückkehrte, „dass, was auch immer mit der Ehe der Fall sein mag, schon vor langer Zeit entschieden wurde, dass die platonische Freundschaft ein Misserfolg ist."

„Vielleicht", erwiderte Mrs. Percy-Bartlett ziemlich müde. „Aber die Menschen werden ihm folgen, so *ignis fatuus* es auch sein mag, bis ans Ende der Zeit."

Gertrude stand auf, um zu gehen. „Nun, Harriet", sagte sie leise, beugte sich vor und küsste ihre Freundin auf die Stirn, „sei über nichts verärgert, was ich gesagt habe. Ich habe auf jeden Fall das wärmste Mitgefühl für Ihre Abneigung, sich vom Leben langweilen zu lassen."

Mrs. Percy-Bartlett stand auf und nahm Gertrudes Hand. „Und du kommst am Dienstagabend zu meinem Musical, mein Lieber?"

„ Das werde ich tatsächlich tun. Ich möchte Mr. Richard Stoughton besser kennenlernen , wissen Sie."

In diesem Moment betrat eine Dienerin den Raum und überreichte ihrer Herrin einen Zettel.

„Entschuldigung, Gertrude", sagte sie, und als sie den Umschlag öffnete, las sie die folgenden Worte von Richard:

„ MEINE LIEBE FRAU PERCY- BARTLETT , – das Wunder ist geschehen. Herr John Fenton wird mich am Dienstagabend zu Ihrem Musical begleiten. Ihre Einladung wird ihn erreichen, wenn sie an den Presseclub gerichtet ist."

Der Leser lächelte und reichte Gertrude Van Vleck den Brief .

„Und wer ist John Fenton?" fragte Gertrude, nachdem sie die Notiz durchgesehen hatte.

„Oh, John Fenton", sagte Mrs. Percy-Bartlett fröhlich, „John Fenton ist ein Experiment."

KAPITEL VIII.

„ Es ist nicht immer eine angenehme Erfahrung, bei einem Musical Fremde zu treffen. Wenn du musikalisch bist, langweilen dich die Leute; Wenn man kontaktfreudig ist, langweilt einen die Musik."

Das hatte John Fenton zu Richard Stoughton gesagt, als dieser seinen ersten Versuch unternommen hatte, ein Wunder zu vollbringen und die Annahme von Richard Stoughton zu erreichen, bevor er Mrs. Percy-Bartletts Einladung angenommen hatte.

„Aber du schuldest mir diese Wiedergutmachung, Fenton", hatte Richard gedrängt. „Als Sie mir diese Bücher über die Einheitssteuertheorie zum Lesen gaben, habe ich da gezögert und gesagt, dass mich die Bücher langweilen würden, wenn ich gleichgültig wäre, oder dass ich, wenn ich zum Konvertiten würde, meine Freunde langweilen würde? NEIN; Ich entschuldigte mich nicht, sondern las die Bücher. Jetzt fordere ich meine Belohnung ein. Sie haben es trotz eines fairen Prozesses nicht geschafft, mich zu einem Befürworter der sofortigen Errichtung des Jahrtausends zu machen. Lassen Sie mich jetzt die gleiche Chance haben, Sie davon zu überzeugen, dass es das Beste ist, die Welt so zu nehmen, wie wir sie vorfinden, und das Gute zu genießen, das die Götter bieten."

Die beiden Männer verbrachten die Stunde nach dem Abendessen in Fentons Junggesellenwohnungen. Sie hatten es sich zur Gewohnheit gemacht, zusammen zu speisen, wann immer es ihnen möglich war; und ihre Freundschaft, nachdem sie dem Scheitern von Fentons Bemühungen, den jungen Mann zu einem Wirtschaftsradikalen zu machen, standgehalten hatte, war im Laufe der Wochen immer wärmer geworden. In mehrfacher Hinsicht hatte Fenton erheblichen Nutzen aus seinem engen Verkehr mit Stoughton gezogen. Im Stadtraum der *Trompete war bemerkt worden* , dass Fenton das Trinken von Cocktails aufgegeben hatte und dass er auf seine Kleidung achtsam geworden sei. Er ließ nicht länger zu, dass seine Haare und sein Bart Anzeichen von Vernachlässigung zeigten; und die Reporter der Zeitung hatten einander gesagt, dass der stellvertretende Redakteur nicht mehr ganz so sarkastisch und gereizt zu sein schien wie früher. Aber wenn irgendjemand Fenton erzählt hätte, dass ein junger Mann, der noch nicht lange das College abgeschlossen hatte und dessen geistige Verfassung eher umwerfend als überzeugend war, die aktive Ursache für gewisse Reformen in seinen Lebensgewohnheiten gewesen wäre, die zynische und zeitgemäße – Der narbige Journalist hätte seinen Informanten für verrückt gehalten. Die stärksten Männer werden von ihren Freunden geformt und umgestaltet , aber sie sind selten bereit, dies anzuerkennen.

Nach Richards letztem Streit hatte Fenton eine Zeit lang schweigend an seiner Zigarre geraucht. Aber er dachte nicht an das, was sein Begleiter gerade gesagt hatte. Mehrere unbeabsichtigte Bemerkungen seines Freundes ließen ihn davon überzeugen, dass der junge Mann großes Interesse an Mrs. Percy-Bartlett entwickelt hatte. Es lag für ihn nicht im Rahmen ihrer bestehenden Freundschaft, Richard zu diesem Punkt eingehend zu befragen; aber er war äußerst daran interessiert, die genaue Wahrheit über die Sache zu erfahren. Wenn er ins Musical ginge, dachte er, könne er sich selbst ein Bild davon machen, wie die Sache stehe, und könne seine Schritte in den Räumlichkeiten umso besser leiten. Als junger Mann war es seine Leidenschaft für eine bestimmte verheiratete Frau gewesen, die John Fenton ruiniert hatte. Daher empfand er ein begründetes Grauen, als er sah, wie Richard Stoughton an demselben Felsen scheiterte, der seinen eigenen Untergang verursacht hatte.

„Sie haben Ihre Argumente sehr geschickt dargelegt, Richard", hatte er nach einer Weile gesagt. „Du hast dich auf dem Altar meiner Bücher geopfert. Ich werde es revanchieren, indem ich mich dem Moloch Ihres Musicals unterwerfe. Aber verstehen Sie mich, Sie werden vom Ergebnis enttäuscht sein. Die Gesellschaft hat für mich keine Verlockungen. Ich habe es vor Jahren an allen Stellen berührt, als ich noch viel mehr Begeisterung verspürte als heute; und ich sage Ihnen, für einen Mann mit Verstand gibt es darin nichts, was eine dauernde Unterhaltung darstellt. Was ist ein Treffen von Modeleuten im besten Fall? Nichts weiter als eine Kleiderparade mehr oder weniger gepflegter Männer und Frauen, die sich dafür rächen, dass sie sich gegenseitig in der Öffentlichkeit langweilen, indem sie privat die Charaktere des anderen zerstören."

„Wenn du jemals Zeit hast", schlug Richard lächelnd vor, „solltest du einen Roman schreiben, John. Du hast eine Art, das Universum mit einer Art epigrammatischem Eifer zu beschimpfen, der sich als beliebt erweisen könnte."

„Du schmeichelst mir, Richard, mit der unterschwelligen Überzeugung, dass ich noch nicht leichtfertig genug war, ein fiktionales Werk zu produzieren. Ich möchte nicht, dass du mich idealisierst. also könnte ich genauso gut gestehen, dass ich vor Jahren, als ich ungefähr in deinem Alter war, tatsächlich einen Roman geschrieben habe." Fenton blickte Richard mit einem Gesichtsausdruck an, der zu einem Geständnis eines Verbrechens gepasst hätte. Dann ging er zu einem Schrank und holte, nachdem er eine Weile herumgestöbert hatte , eine staubbedeckte Manuskriptrolle hervor.

„Dies", sagte er, „ist einer der kleinen Grabsteine auf meinem sehr großen Friedhof toter Hoffnungen und Träume."

Mit fast ehrfürchtiger Hand wischte er den Staub von der Rolle.

„Ich habe mir das Ding seit Jahren nicht mehr angesehen, Richard. Ich hatte es fast vergessen, bis Sie diese Bemerkung darüber machten, dass ich einen Roman schreibe. Ich habe eine Art undeutliche Vorstellung davon, dass Sie im Lager Ihrer Ambitionen hohe literarische Ambitionen haben, die mehr oder weniger vor der Öffentlichkeit verborgen sind. Wenn ja, dann soll das, mein Junge, eine Warnung für dich sein, deine Zeit nicht mit einem Roman zu verschwenden."

Richard hatte das Manuskript mit ungekünsteltem Interesse durchgesehen.

„Sie nennen es , Ephemeræ "", bemerkte er. „Es ist ein Titel, den man gewinnen kann."

„Aber es brauchte nicht die Verleger", erwiderte Fenton, dessen Gesicht durch das unerwartete Wiederaufleben lange vergrabener Gefühle ungewöhnlich lebhaft geworden war. Er hatte einen großen Teil der Energie, des Enthusiasmus und der Kraft des frühen Mannesalters in den abgelehnten Roman gesteckt, und er hatte den feinen Schliff erhalten, den ihm sein damaliges Freizeitleben ermöglicht hatte . Wie bitter enttäuscht war er über die Ablehnung durch ein führendes Verlagshaus, das er schon lange vergessen hatte; Aber der gegenwärtige Moment hatte eine Vielzahl widersprüchlicher Gefühle in ihm wachgerufen, die sich mit der Zeit in ein allgemeines Gefühl von Bedauern und Selbstmitleid verwandelt hatten.

„Ich schreibe ziemlich blind", bemerkte er und nahm seinem Freund das Manuskript ab. „Lass mich dir den Prolog vorlesen; nicht zur Veröffentlichung, sondern als Beweis von Treu und Glauben ."

Zum ersten Mal in ihrer Bekanntschaft wirkte Fentons unsymmetrisches Gesicht in Richards Augen wirklich gutaussehend. Der Geist der Vergangenheit, der in den Relikten vergangener Jahre lauert, hatte sanft aus dem staubigen Manuskript gesprochen und John Fentons verlorene Jugend dazu gebracht, in seinen Augen wieder zu leuchten und seiner Stimme einen Hauch von Begeisterung zu verleihen.

„Für einen Mann, der so jung war wie ich damals, war es eine seltsam pessimistische Arbeit, zu schreiben", sagte er nachdenklich. „Aber wie ich jetzt sagen kann, nachdem die Jahre mein Urteilsvermögen gestärkt haben, ist dieser Roman stark und künstlerisch. Zu der Zeit, als es an die Verlage geschickt wurde, bestand kaum eine Chance für die Akzeptanz von irgendetwas, das von einem Amerikaner geschrieben wurde und nicht streng moralisch war und das, was die guten alten Fossilien jener Zeit so gern als „gesund" bezeichneten. Das ist der Prolog, Richard. Es gibt den Grundton der Geschichte vor."

Fenton lehnte sich in seinem Stuhl zurück und las laut die ersten Worte seines Romans vor:

„Es war keine schöne Fliege, aber sie liebte die Sonne. Es freute sich über die Kraft seiner Flügel, die Länge seiner Antennen und die pulsierende Gesundheit seines kleinen Körpers. Es war Sommer und die Fliege flatterte in der warmen und streichelnden Atmosphäre umher, als ob Gott zu ihrem besonderen Vergnügen lächelte.

„Oh, der Ruhm des Tages! Kein Schatten sah die Fliege, denn sie schwebte so hoch, dass ihrem Blick nichts als der goldene Glanz eines lächelnden Universums begegnete.

„Aber als der Tag vorbei war, war die kleine Fliege tot.

„Es wusste nie, der freudige Kleinling, dass es nur eines aus einer Gruppe neuropteröser Insekten war, die zur Gattung Ephemeræ gehören , die einen einzigen Tag im erwachsenen oder geflügelten Zustand leben und sterben, wenn die Dunkelheit hereinbricht.“

Für einen Moment herrschte Stille. Dann sagte Richard: –

„Ich bin mir sicher, John, wenn ich einen Roman mit diesem Prolog in die Hand genommen hätte, wäre meine Neugier geweckt worden; dass ich unbedingt weitergelesen hätte, um zu sehen, wie der Autor seine Geschichte mit seinem melancholischen Text in Einklang gebracht hat.“

„Ich erinnere mich“, sagte Fenton, zündete sich eine neue Zigarre an und redete nachdenklich weiter, „dass mich, als ich mir die Geschichte ausdachte , von dem Gefühl getrieben wurde, dass Männer sich selbst und ihre Angelegenheiten zu ernst nehmen.“ Es schien mir etwas grimmig Lächerliches an der überwiegenden Mehrheit der Menschen zu sein, die ein paar Jahre lang auf einem unbedeutenden Planeten in einer abgelegenen Ecke des Weltraums herumtollen, als wären sie für die Ewigkeit hierher gebracht worden. und waren einzeln von enormer Bedeutung für das gesamte Universum. Ich habe die Geschichte in Zeilen ausgearbeitet, die in einem vergleichsweise kleinen Rahmen zeigen sollen, dass wir im unendlichen Bereich der Existenz ebenso machtlos und unwichtig sind wie die dummen kleinen Fliegen, die an einem Sommertag so laut summen. Wenn ich die Geschichte heute umschreiben sollte, bin ich mir nicht ganz sicher, ob ich die Bedeutung des menschlichen Lebens so hoffnungslos beurteilen soll. Je älter ich wurde, desto mehr neige ich zu der Annahme , *dass kein Mensch das Recht hat, sich im Gesamtensemble des* Universums als unwichtig zu betrachten ; Zumindest nicht, bis schlüssig bewiesen ist, dass es keine Seele gibt, die ewiges Leben besitzt. Auf jeden Fall bin ich sicher, dass, wenn wir *Eintagsfliegen sind* , eine Fliege genauso viel Anrecht auf die Mittagssonne hat wie eine andere. Und so mache ich aus einer

Wirtschaftstheorie eine Religion – aus Mangel an einer besseren." Fentons sarkastisches Lächeln spielte erneut über seinen Mund, als er aufhörte zu sprechen.

Richard hatte seinen Mantel angezogen und streckte seine Hand nach dem Manuskript von Fentons Roman aus.

„Lass mich die Geschichte mitnehmen, John", sagte er. „Ich möchte es lesen. Ich neige eher zu der Annahme, dass jetzt, soweit ich über den gegenwärtigen Literaturmarkt weiß, die richtige Zeit für Sie gekommen ist, im Bereich der Literatur Ruhm zu erlangen."

Nach kurzem Zögern reichte Fenton die Schriftrolle seinem Freund.

„Ich bin in dieser Hinsicht nicht ehrgeizig", sagte er bestimmt; „Aber es wird nicht schaden, wenn Sie das Buch lesen."

„Und du gehst mit mir zu Mrs. Percy-Bartlett?" rief Richard lächelnd aus. „Ich freue mich sehr, John, das versichere ich Ihnen. Ich bin mir sicher, dass unsere Gastgeberin das Gefühl haben wird, dass Sie ihr ein großes Kompliment gemacht haben."

Fenton lächelte fast bitter; und als ob die Erinnerung seine Zunge geschärft hätte, sagte er, während er Richards Hand einen Moment lang hielt:

„Das habe ich schon vor langer Zeit aufgegeben, mein Junge. Einer Frau ein Kompliment zu machen ist, als würde man einem Kind Zuckerpflaumen schenken. Es schafft einen Präzedenzfall und macht Appetit. Sag einer Frau niemals etwas, was du nicht meinst, Richard; vor allem eine verheiratete Frau."

KAPITEL IX.

„ Früher wurden die Männer in zwei Klassen eingeteilt, wissen Sie, Mr. Fenton – diejenigen, die zu unserer Gruppe gehörten, und diejenigen, die nicht dazu gehörten.“

Gertrude Van Vleck und John Fenton hatten sich in eine abgelegene Ecke von Mrs. Percy-Bartletts Wohnzimmer zurückgezogen und führten ein so lebhaftes Gespräch, wie es die deprimierenden Einflüsse eines Musicals zuließen. Im Abendkleid war Fenton ein Mann von äußerst beeindruckender Präsenz. Er war zu Mrs. Percy-Bartletts Musical in der Erwartung gekommen, sich zu langweilen. Der Ausdruck auf seinem starken, nachdenklichen Gesicht, als er lächelnd das hübsche, aristokratisch aussehende Mädchen neben ihm ansah, bewies, dass sie in Richard Stoughtons Fußstapfen getreten war und ein Wunder vollbracht hatte.

„Und welchen Unterschied machen Sie selbst, Miss Van Vleck ?“ fragte Fenton.

Sie sah ihn einen Moment lang ernst an.

„Für mich“, antwortete sie, „gibt es zwei Arten von Männern: diejenigen, die mich interessieren, und diejenigen, die es nicht tun.“

„Vielleicht“, sagte Fenton und nutzte eine Pause im Musikzimmer, „vielleicht ist es von meiner Seite rücksichtslos, die Frage zu stellen, aber ich gebe zu, dass ich neugierig bin und wissen möchte, welches Verhältnis zwischen den Männern besteht, die Sie interessieren die Männer, die es nicht tun.“

„Ich weiß nicht, ob ich das Problem jemals auf eine mathematische Grundlage gestellt habe“, antwortete Gertrude und ein amüsiertes Lächeln huschte über ihr Gesicht. „Ich neige zu der Annahme, dass sich das Verhältnis von Jahr zu Jahr ändert.“

„Zu Ihrem Vorteil?“ er hat gefragt.

"Ich fürchte nein. Mit der Zeit stelle ich fest , dass ich mehr Männer treffe, die mich nicht interessieren, und weniger, die es tun. Aber das wird dadurch kompensiert, dass Frauen füreinander attraktiver geworden sind als früher.“

Eine enthusiastische Sopranistin schlug gerade bestimmte hohe Töne an, als hege sie einen Groll dagegen, und Fenton musste einen Moment innehalten, bevor er fragte:

„Würden Sie mir das nicht erklären, Miss Van Vleck ? Es ist, wie Sie es ausdrücken, eine neuartige Idee."

„Verstehst du denn nicht", sagte sie ernst, „die bloße Tatsache, dass Frauen sich im Protest gegen alte Bräuche und Vorurteile zusammengeschlossen haben, hat sie einander näher gebracht; Gleichzeitig hat es die Tendenz, die charakteristischsten Eigenschaften jeder einzelnen Frau hervorzuheben. Mit einem Wort: Wir Frauen interessieren uns als Rebellen mehr füreinander als als Sklavinnen."

Wieder äußerte die Sopranistin ihren Protest gegen Frieden und Ruhe, und Fenton hatte Gelegenheit, Gertrude Van Vlecks Worte abzuwägen. Sein *Gegenüber* war ein gesellschaftliches Produkt, wie es es zu der Zeit, als er Mitglied des engsten Kreises New Yorks gewesen war, noch nicht gegeben hatte und von einer jungen, unverheirateten Frau nichts erwartet hatte, was im Gespräch das Denken herausfordern würde. Natürlich war er in seiner journalistischen Tätigkeit gezwungen gewesen, den Fortschritt der Frau hin zu einer breiteren, vielleicht höheren Ebene der Bestrebungen im Detail zu verfolgen; Aber dies war das erste Mal, dass Fenton mit den verkörperten neuen Ideen konfrontiert wurde. Die Erfahrung hat ihn unterhalten, angeregt und inspiriert. Anfangs hatte er Gertrude Van Vleck einfach als ein fein entwickeltes Exemplar des Patriziertyps betrachtet, dessen dunkles Haar, tiefblaue Augen und fein gerundeter Hals eine sehr angenehme Kombination für das Auge bildeten und darauf hindeuteten, dass eine entfernte spanische Abstammung mit ihr vermischt war Niederländisches Blut. Aber nach ein paar Augenblicken in ihrer Gesellschaft hatte er entdeckt, dass sie nicht nur seine ästhetische Natur befriedigte , sondern auch seine intellektuelle Verfassung anregte. Sie hatte ihm die höchste Freude bereitet, die ein Geist einem anderen bereiten kann, indem sie ihm neue Gedankenperspektiven eröffnete.

John Fenton hatte die Phase seines Lebens voller Enttäuschungen erreicht, in der weibliches Mitgefühl und Wertschätzung zu den wenigen Dingen auf der Welt gehören, die vollkommen befriedigend sind. Vielleicht war es genau diese Tatsache, die ihn dazu gebracht hatte, eine Freundschaft mit Richard Stoughton zu schließen, einem jungen Mann, dessen schnelle Intuition und geistige Wachheit viel Weibliches an sich hatten.

Darüber hinaus lag in Gertrudes letzter Bemerkung eine trotzige Note, die einen sympathischen Nerv in Fentons Wesen traf. Kein Mensch kann die Prämissen akzeptieren, auf denen die Wirtschaftstheorien basieren, denen sich Fenton angeschlossen hatte, ohne die rebellischen Tendenzen zu entwickeln, die mehr oder weniger in allen Menschen schlummern. Zum ersten Mal beeindruckte ihn die Ähnlichkeit, die zwischen der Revolte der

Frau gegen die Unterdrückung des Mannes und der Unruhe des Mannes angesichts der bedrohlichen Ungleichheit des Reichtums besteht.

„Und als Rebellen sind Frauen für Männer viel attraktiver als als Konformisten", bemerkte Fenton und nutzte die Gelegenheit, das Gespräch fortzusetzen, nachdem ein selbstzufriedener Tenor zu seiner eigenen Zufriedenheit bewiesen hatte, dass er ein göttliches Recht hatte, eingebildet zu sein über seine Stimme. „Um ein eher abgenutztes Zitat zu verwenden: ‚Segen erhellen sich, wenn sie ihren Flug antreten.'"

„Aber das ist kein gutes Beispiel", rief Gertrude ernst. „Wir versuchen nicht, den Menschen davonzufliegen, sondern mit ihnen zu fliegen."

„Das mag wahr sein", sagte Fenton und lächelte nachdenklich; „Aber Männer erschrecken natürlich über die plötzlich zur Schau gestellte Kraft deiner Flügel und sind zunächst etwas schüchtern."

„Warum sollten sie das sein? Schließlich glaube ich, dass der Ehrgeiz der neuen Frau – wie sie eher vulgär genannt wird – darin besteht, sich für die klügsten Männer intellektuell attraktiv zu machen."

„Dann hat der Fortschritt der Frau nicht die gesellschaftliche Bedeutung des klugen Mannes verringert?" fragte Fenton bescheiden.

„Im Gegenteil, Mr. Fenton, es hat es bereichert – indem es ihm ein größeres und anerkennenderes Publikum beschert hat. Der Mann mit geistiger Stärke würde in einer Gemeinschaft mit vielen Mesdames de Staël einen höheren Platz einnehmen als in einem sozialen Kreis, in dem es nur einen gibt. Ist es nicht so?"

„Wissen Sie, Miss Van Vleck ", sagte Fenton, ohne ihre Frage direkt zu beantworten, „dass ich anfange zu glauben, dass ich Ihnen zu großem Dank verpflichtet sein werde?"

Ein leichter Rotstich stieg in ihr Gesicht, als ihr Blick seinen traf. Er beeindruckte sie als einen Mann, der eher dazu geeignet war, Gefälligkeiten zu erweisen, als sie anzunehmen.

„Ich verstehe dich nicht ganz", sagte sie leise.

„Wir verdanken viel", fuhr er fort, „denjenigen, die uns aus unseren mentalen Fesseln herausholen und uns einen neuen Standpunkt geben, von dem aus wir die Welt betrachten können." Es kann eine Menge Egoismus sein, wenn man sich ausschließlich mit der Unmenschlichkeit des Mannes gegenüber dem Mann beschäftigt und sich selbst gegenüber der Unmenschlichkeit des Mannes gegenüber der Frau blind macht. Ich muss Ihnen für eine neue Sichtweise danken."

„Aber", protestierte Gertrude, „ich habe nichts gesagt, was wir nicht jeden Tag in gedruckter Form lesen."

„Selbst wenn das so wäre", sagte Fenton, „dringen Wahrheiten, die keinen Eindruck auf mich hinterlassen würden, wenn ich sie auf einer Leitartikelseite lese, mit verblüffender Kraft zu mir, wenn man sie präsentiert." Ich wiederhole, dass ich Ihnen zu großem Dank verpflichtet bin."

In diesem Moment war Mrs. Percy-Bartletts Stimme zu hören, eine reiche, hochkultivierte Altstimme, die Heines trauriger kleiner Geschichte von der Kiefer, die von Liebe träumte, leidenschaftlichen Ausdruck verlieh. Richard Stoughton stand am Eingang zum Musikzimmer und vergaß die Menschenmenge um ihn herum. Da war etwas in ihrer Stimme, das schien nur für ihn bestimmt zu sein, etwas, das ihm sagte, dass sie an die Nacht dachte, als sie ihm das Lied zum ersten Mal vorgesungen hatte. „Ich muss schrecklich egoistisch werden ", dachte er; aber in diesem Moment trafen sich ihre Blicke und seine Selbstironie verschwand.

Nachdem der Applaus verklungen war, kam sie zu ihm und machte ihn auf eine unbesetzte Ecke des Salons aufmerksam.

„Ich möchte mit dir reden", sagte sie einfach. "Kommen!"

„Wissen Sie", begann sie spielerisch, nachdem sie Platz genommen hatten, „ich habe begonnen, große Ehrfurcht vor Ihrer Gegenwart zu empfinden." Ein Mann, der Wunder vollbringen kann, wissen Sie" –

"Also?" rief Richard aus, als sie einen Moment zögerte.

„Ein Mann, der Wunder vollbringen kann, sollte gemieden werden. Denken Sie nur an den armen Trilby und Svengali."

Richard lachte schallend.

„Das ist eine äußerst lobenswerte Bemerkung! Wenn ich Ihnen folge, meinen Sie, dass ich John Fenton hypnotisiert habe. Ich fühle mich auf jeden Fall geschmeichelt. Aber wissen Sie, ich beginne zu vermuten, dass Ihre Freundin, Miss Van Vleck , ein viel erfolgreicheres Medium sein wird als ich?"

Sie warfen beide einen Blick auf Gertrude und John Fenton, die in der gegenüberliegenden Ecke des Salons in ein Gespräch vertieft waren.

„Ich bin sehr froh, dass mir jegliche Verantwortung für die Zukunft des Mannes abgenommen wurde", sagte Richard. „Tatsache ist, dass ich das

Gefühl habe, dass ich alles habe, was ich tun kann, um für mich selbst zu sorgen."

Musical kaum akzeptabel war .

„Wie egoistisch ein Mann ist", murmelte Mrs. Percy-Bartlett nachdenklich. „Es ist für ihn fast unmöglich, einem anderen Mann ein beständiger Freund zu sein. Wie viel weniger ist er in der Lage, einer Frau ein wahrer Freund zu sein."

„Die Grundlage aller Freundschaft ist Zuneigung", argumentierte Richard und senkte seine Stimme, während die Musik eines Cellos leise durch den Raum schlich. „Und Zuneigung ist sehr schwer unter Kontrolle zu halten."

Sie blickte zu ihm auf, mit einem Lächeln auf den Lippen, aber einem Ausdruck von Traurigkeit in ihren beredten braunen Augen.

"Es ist in der Tat!" sie flüsterte fast. Dann, als würde sie das Eingeständnis bereuen, lehnte sie sich in ihrem Stuhl zurück und schien den sanften, pochenden Harmonien zu lauschen, die das Klavier und das Cello erzeugten, als ihre Töne sich trafen und vermischten, als würden sie einander streicheln.

Richard beugte sich vor und ihre Blicke trafen sich wieder.

„Lehnen Sie meine – meine Freundschaft ab?" er flüsterte.

Plötzlich spürte er ihre Hand in seiner; und sie lächelte, als er darauf drückte, während ihre Augen leuchteten und ihre Wangen rot wurden. Sie zog ihre Hand zurück und sagte, ihre Stimme war kaum hörbar, selbst als er sein Gesicht dicht an ihres beugte:

„Denken Sie daran, dass es einen weiteren Grundstein der Freundschaft gibt: Selbstlosigkeit."

Die Worte und der flehende Ton, in dem sie geäußert wurden, ließen ihre Bemerkung eher wie ein Gebet an seine Großzügigkeit klingen als wie eine Aussage, die auf einer veralteten Wahrheit beruhte.

„Ich werde es versuchen", flüsterte Richard ernst, „ich werde versuchen, ein idealer Freund für dich zu sein." Ich hätte lieber deine Freundschaft als die Liebe irgendeiner anderen Frau auf der Welt."

Sie lächelte ihn dankbar an, als hätte er für ihr Glück ein großes Opfer gebracht. Sie sagen, dass Liebe blind ist. Vielleicht ist das der Grund dafür, dass der kleine Racker so ein vollendeter Lügner ist. Wie kann man von einem blinden Kobold, dessen Domäne die Jugend und dessen Thron das Herz ist, erwarten, dass er sein Zepter mit absoluter Seriosität schwingt ? Wenn er weiter sehen könnte, könnte Amor sich als Monarch besser verhalten; aber die Chancen stehen gut, dass er in diesem Fall zum Abdanken gezwungen wäre.

Die Stunde wurde immer spät.

„Ich muss meine Pflichten wieder aufnehmen", sagte Mrs. Percy-Bartlett widerstrebend; „und verlasse meinen Freund um meiner Gäste willen. Kommst du bald zu mir? Mal sehen – heute Abend in einer Woche habe ich keine Verabredung. Wirst du kommen und mit mir über Freundschaft reden?"

„Sehr gerne", murmelte Richard und berührte erneut ihre willige Hand. „Bis dahin werde ich nicht leben, sondern träumen!"

Richard und Fenton schlenderten schweigend und in sich versunken gemeinsam die Allee entlang. Schließlich fragte Ersterer :

„Hattest du einen angenehmen Abend, John?"

„Sehr", antwortete Fenton schroff.

Sie gingen einen halben Block, bevor sie wieder sprachen.

„Die Musik war gut gemacht", sagte Richard.

„Ja", stimmte Fenton zu. Keiner der beiden öffnete wieder den Mund, bis sie die Querstraße erreichten, an der sie sich trennen sollten.

„Gute Nacht, John", sagte Richard und streckte seine Hand aus.

"Gute Nacht, Junge! Bis morgen", rief Fenton hastig. Dann ging er allein weiter.

„Ich bin dorthin gegangen", sagte er sich, „um etwas über die Affäre des Jugendlichen herauszufinden. Aber die kalte, harte Tatsache ist, dass ich ihn völlig vergessen habe .

Im selben Moment rauchten Percy-Bartlett und Buchanan Budd gemeinsam im Club ihre Gute-Nacht-Zigarren.

„Es ist wirklich schade", sagte Budd, „dass die Zeitungen so viel Skandal über unser Set drucken konnten." Aber ich denke, es gibt keine Möglichkeit, das zu verhindern."

„Aber es gibt einen Weg", erwiderte Percy-Bartlett fast streng. „Was wir im inneren Kreis brauchen, ist mehr Heldentum und weniger Heldentum. Wenn „*noblesse oblige*" heutzutage überhaupt etwas bedeutet, dann verlangt es von denen, die seinen Geboten nachkommen, dass sie in sich geschlossen und nicht hysterisch sind. Es besteht keine Notwendigkeit, dass eine häusliche Tragödie gedruckt wird, wenn der Mann oder die Frau, der/dem Unrecht getan wurde, grundsätzlich einen Platz in der erlesensten Clique der Welt verdient.“

„Dann würdest du einem Verbrechen lieber zuzwinkern, als dass die Öffentlichkeit über dich klatscht?“ fragte Budd.

„Das würde ich tausendmal tun!“ antwortete Percy-Bartlett, warf seine Zigarre weg und sagte fröhlich „Gute Nacht“.

KAPITEL X.

„ICH BIN NICHT IN DER STIMMUNG, DEN GESTÄNDNISSEN EINES FRIVOLEN JUNGEN ZUZUHÖREN", BEMERKTE JOHN FENTON, als er am Nachmittag nach Mrs. Percy-Bartletts Musical von seinem Schreibtisch im Stadtraum des Trumpet at Richard *Stoughton aufblickte.*

„Sei mir nicht böse, John", flehte Richard sanft; „Ich habe nicht die Absicht, Sie mit meinen Kleinigkeiten zu beunruhigen. Aber ich möchte, dass du nach dem Abendessen eine Stunde lang bei mir vorbeischaust. Ich habe wirklich eine sehr wichtige Angelegenheit, über die ich mit Ihnen sprechen möchte. Sie haben heute Abend doch keinen Dienst, oder?"

„Nein", antwortete Fenton offensichtlich widerstrebend. Dann zögerte er einen Moment und sagte schließlich:

„Sehr gut, Richard. Ich werde Ihnen die große Ehre erweisen, Sie gegen halb sieben zu besuchen. Aber ich muss Sie warnen: Wenn Sie anfangen, mich zu langweilen, werde ich sofort fliegen."

"Es ist ein Schnäppchen!" rief der Junge aus, als er sich abwandte.

Richard bewohnte eine ziemlich luxuriöse Suite mit Junggesellenwohnungen in einer Seitenstraße, nicht weit oben in der Stadt. Als er an diesem Abend nach dem Abendessen vor einem offenen Feuer saß und auf die Ankunft von John Fenton wartete, war er mit sich selbst und der Welt insgesamt rundum zufrieden. Er war unbekannt und unangekündigt nach New York gekommen, und siehe da! Die große Stadt, der die Ankunft der meisten Fremden so gleichgültig gegenüberstand, hatte ihm die Arme geöffnet, ihm auf die Schulter geklopft und ihm gesagt, dass er klug und daher willkommen sei. Die große Metropole hat einen unstillbaren Hunger nach fähigen Männern in allen Lebensbereichen, ist aber oft jahrelang blind gegenüber den Verdiensten bestimmter Bürger, die nur eine Gelegenheit brauchen, um prominent zu werden. Hin und wieder jedoch packt es einen sehr jungen Mann sozusagen am Kragen seines Mantels und drängt ihn in einem Feld von Unternehmungen voran, ebenso wie die Menge älterer Männer, die es versäumt haben, ihr Leben zu nutzen Betrachten Sie die Flut der Flut mit einer Mischung aus Erstaunen und Neid dem glücklichen Jüngling. Der Zufall hatte Richard Stoughton in die vorderste Reihe des Journalismus katapultiert; und als er das flackernde Licht vor sich betrachtete oder mit dem Auge dem Rauch seiner Zigarre folgte, hatte er das Gefühl, dass er seiner Position würdig war und dass die Metropole keinen Fehler begangen hatte, als sie ihn als solchen ausgewählt hatte Anspruch auf Applaus.

Die Tür hinter Richard öffnete sich leise, und John Fenton betrat den Raum und setzte sich ruhig auf die andere Seite des Kamins.

„Nimm eine Zigarre, John", sagte der Junge und verließ seine Luftschlösser, um sich den strengen Realitäten zuzuwenden, die Fenton immer mit sich zu tragen schien. Richard drehte sich um, um seinem Gast Feuer zu machen, und stellte überrascht fest, dass Fenton ein Abendkleid trug. „Mein Wunder nimmt chronische Formen an", sagte er sich. Dann bemerkte er laut:

„Ich danke dir, John, dass du mich nicht enttäuscht hast. Ich habe mehrere schwerwiegende Probleme, und Sie sind der einzige Mann in meinem Bekanntenkreis, der mir helfen kann."

Fenton schnaufte einige Augenblicke schweigend vor sich hin.

„Weiter", sagte er schließlich, ziemlich kühl. „Willst du mit mir über – was reden?"

„Über die Single-Tax-Theorie, John, wie sie auf Herzensangelegenheiten angewendet wird."

Fenton warf seinem Begleiter einen strengen Blick zu, aber auf Richards Gesicht war kein Zeichen von Unmut zu erkennen. Er blickte ins Feuer, als wollte er in den tanzenden Flammen die Antwort auf das Rätsel lesen, das ihn beschäftigte.

„Erklären Sie sich", sagte Fenton misstrauisch.

„Nun", fuhr Richard mit geübter Ruhe fort, „Sie sehen, ich versuche, mit all den neuen Ideen in Kontakt zu kommen, die einen deutlichen Einfluss auf das Leben unserer Zeit haben." Besonders interessiert mich jedoch, wie sich Theorien auf das Handeln meiner Freunde auswirken. Es ist fast eine neue Wissenschaft, denke ich. Ich muss einige griechische Wurzeln nachschlagen und ihm einen Namen geben. Vielleicht werde ich als Erfinder einer neuen und sehr nützlichen Studienrichtung berühmt."

„Was willst du erreichen, Richard?" rief Fenton, drehte sich unruhig auf seinem Stuhl und versuchte, einen klaren Blick auf das Gesicht des jungen Mannes zu erhaschen.

„Das ist nicht der Punkt, John. Die Frage ist: Was möchten *Sie* erreichen? Sehen Sie, ich habe viel unbewusst über Ihre Ideen zur Einheitssteuer nachgedacht und bin an einem Punkt angelangt, an dem ich noch ein paar Fragen zu den Anforderungen stellen möchte, die Ihr Glaube an Ihre Lebensgewohnheiten stellt . Nun, wissen Sie, unsere guten alten puritanischen Vorfahren betrachteten diese Welt gerne als „ein Jammertal".

Ihr Einheitssteuerleute geht noch einen Schritt weiter und nennt es ‚Diebeshöhle‘.“

„Komm, Richard“, sagte Fenton bestimmt, „sei nicht leichtfertig.“

„Das Allerletzte, wozu ich Lust habe, John. Ich meine es ernst. Lass mich dir eine Frage stellen. Sie betrachten natürlich einen Mann, der von seinen Vorfahren Pachtzinsen aus dem Eigentum seiner Vorfahren in dieser Stadt kassiert, als Empfänger gestohlener Güter?“

„Nun, was ist, wenn ich es tue?“ fragte Fenton gereizt.

„Ich war neugierig, das ist alles.“

„Und was ist, wenn ich das sage?“ beharrte Fenton schließlich in einem zugänglicheren Tonfall.

„Nun, wenn Sie das tun, würden Sie einen Sohn dieses Diebesempfängers, der aller Wahrscheinlichkeit nach nach einiger Zeit in die Beute gelangen wird und dessen Blut durch seine Abstammung aus einer Linie von befleckt ist, zu einem engen Freund machen? Landpiraten?“

„Unsinn, Richard! Ich sehe keinen Sinn darin, mir diese Fragen zu stellen — gerade jetzt. Wenn ein Mann von Natur aus ein Trunkenbold ist, tut er mir vielleicht leid, aber es ist nicht meine Pflicht, meine Missbilligung gegenüber seinen Vorfahren zum Ausdruck zu bringen, solange er mich anständig behandelt.“

„Das ist logisch genug“, kommentierte Richard begeistert. „Ich beginne wirklich zu glauben, John, dass du immer noch genug Verstand hast, um nicht zuzulassen, dass deine wirtschaftlichen Theorien und Überzeugungen — Überzeugungen, die, wie ich gehört habe, ihre Anhänger manchmal zu Fanatikern machen — jede Chance ruinieren, die sich dir bieten könnte großes Glück im Leben.“

Mehrere Minuten lang herrschte Stille im Raum.

„Es ist merkwürdig“, bemerkte Fenton nachdenklich, „dass Sie genau diesen Weg eingeschlagen haben, Richard. Sie verfügen über die Fähigkeit zur Intuition, die größtenteils eine weibliche Eigenschaft ist. Ich kann in Ihrer Arbeit auf der Redaktionsseite Beweise für diese Eigenart des Geistes erkennen. Sie scheinen zu Schlussfolgerungen zu gelangen, die die meisten Männer mit mühsamer Mühe erarbeiten müssten.“

„Sie meinen damit, John, dass es sich, um die Worte unseres Berufspräsidenten zu verwenden, um einen Zustand und nicht um eine Theorie handelt, mit der Sie konfrontiert sind, und dass ich das weiß."

„Ich gebe nichts zu, Richard", sagte Fenton hartnäckig und blickte auf seine Uhr.

„Aber", beharrte Richard, als sein Freund aufstand, um zu gehen, „glauben Sie, dass ein Mann, der Immobilien in New York besitzt – die, sagen wir, von seinen niederländischen Vorfahren abstammen – der unehrliche Besitzer unrechtmäßig erworbener Gewinne ist?"

„Das ist unfreundlich, Richard", sagte Fenton mit mehr Gefühl in der Stimme, als sein Freund sie jemals gehört hatte. „Ich habe derzeit weder die Lust noch die Zeit, meine derzeitige Position zu erläutern."

„Warum nicht die richtige Zeit, John?" fragte Richard und lächelte schelmisch.

Vleck aufzusuchen ."

Richard lachte schallend.

„Kein Wunder", rief er, „dass Sie Ihre gegenwärtige Lage nicht erklären können."

Richard war allein im Zimmer, zündete sich eine neue Zigarre an und setzte sich wieder vor das Feuer.

„Es war eine heroische Behandlung", sinnierte er, „aber es ist der einzige Weg, den man bei einem Mann wie John Fenton einschlagen kann."

Dann dachte er wieder an Mrs. Percy-Bartlett, und die Stunden vergingen wie im Flug.

KAPITEL XI.

BUCHANAN BUDD hatte in letzter Zeit viel nachgedacht – ein Beweis dafür, dass die Zeiten aus den Fugen geraten waren. Natürlich musste Budd mehr oder weniger nachdenken, um immer richtig gekleidet zu sein, aber es war nur eine große Krise, die ihn dazu zwingen konnte, längere Zeit über wirklich schwerwiegende Probleme nachzudenken.

Wenn eine unterirdische Störung eine Stadt erschüttert , sind es die ungeschicktesten Häuser, die zuerst einstürzen. Ebenso ist es, wenn der erlesenste Kreis der Gesellschaft in Schwierigkeiten gerät, derjenige, der in diesem Kreis keinen besonderen Anspruch auf Anerkennung hat, der als erster die Auswirkungen der inneren Unruhe zu spüren bekommt.

Als Buchanan Budd den aktuellen Gerüchten in seinen Clubs zuhörte und in den Zeitungen unverschämte Kritik an den Taten der Leute las, mit denen er verkehrte, kam er widerstrebend, aber bestimmt zu dem Schluss, dass es seine Pflicht sei, einen Schritt zu unternehmen, der dies bewirken würde seine Position als anerkanntes Mitglied der exklusivsten sozialen Clique des Landes – vielleicht der Welt – stärken.

Es dauerte nicht lange, bis er zu dem Schluss kam, dass der einzig passende strategische Schachzug seinerseits in der Heirat lag. Nicht, dass er freiwillig zu dieser Überzeugung gekommen wäre. Er genoss das Leben als Junggeselle und hatte das Gefühl, dass er ein äußerst gefährliches Experiment machen würde, wenn er eine Frau nahm. Er konnte nicht die Augen vor der Tatsache verschließen, dass die unangenehme Publizität, die damals einigen Mitgliedern des engeren Kreises aufgedrängt wurde, ihren Ursprung in unglücklichen Ehen hatte. Dennoch erkannte er, dass die Gesellschaft von ihm irgendwann ein persönliches Opfer seiner Freiheit auf dem Altar der Ehe erwartete; und die gegenwärtige Krise schien ein geeigneter Moment zu sein, um die Mächte, die den inneren Kreis kontrollierten, zu besänftigen, indem er sich eine Frau nahm, die ihn für die Zukunft in jedem Sichtungsprozess, dem sich die Gesellschaft hingeben könnte, sicher machen würde.

Nachdem er die Liste der in Frage kommenden jungen Frauen in seiner Gruppe durchgesehen hatte, war er ohne langes Zögern zu dem Schluss gekommen, dass Gertrude Van Vleck , wie er sich selbst ausdrückte, die richtige Karte für ihn war. Sie besaß mehrere Eigenschaften, die sie besonders geeignet machten. Erstens war ihre Stellung in der Gesellschaft vollkommen gesichert. Darüber hinaus verfügte sie über genügend geistige Wachheit, um sich für einen Mann sympathisch zu machen, der es nicht ganz geschafft hatte, jegliche Vorliebe für Originalität aus seinem Wesen zu verbannen. Andererseits – und das war ein wichtiger Gesichtspunkt – hatte er nie mit ihr geschlafen. Sie waren gute Freunde gewesen, um einen eher bedeutungslosen Ausdruck zu verwenden, und Budd wurde durch den Gedanken bestärkt, dass er seine Chancen bei ihr nie beeinträchtigt hatte, indem er sich auf Gefühle berief, um ihrem Verkehr Würze zu verleihen.

Dass sie mehrere Bewerber abgelehnt hatte, war eine der Gesellschaft wohlbekannte Tatsache, und es gab viele Diskussionen über Gertrude Van Vlecks Motiv für die Ablehnung von mindestens zwei Angeboten, die allgemein als besonders wünschenswert galten. Bei der Abwägung dieser Phase des Falles fragte sich Buchanan Budd, der kein besonders bescheidener Mann war, ob die Erklärung für ihre Zurückhaltung, eine Ehe einzugehen, nicht auf die Tatsache zurückzuführen war, dass er in gewisser Hinsicht einer der begehrtesten Junggesellen war in der Stadt hatte sie bisher nur als Freundin angesprochen. Zwar hatte sie manchmal den Anschein erweckt, als ob sie auf seine Kosten ein wenig sarkastisch gewesen wäre, aber ihre Zunge könnte von Groll geprägt gewesen sein. Was wäre wahrscheinlicher gewesen, als dass sein Versäumnis, seinem Auftreten besondere Wärme zu verleihen, obwohl sie auf mehr als nur Freundschaft gehofft hatte, die Ursache für die Satire gewesen war, die sie manchmal gegen ihn abgefeuert hatte? Je mehr sich Buchanan Budd zu diesem Punkt fragte, desto mehr kam er zu der Überzeugung, dass Gertrude Van Vleck eine Vorliebe für ihn verbarg, von der sie nur darauf wartete, dass sie eine Veränderung in seinem Verhalten offenbarte.

Es gab eine Besonderheit von Budd, die es ihm vielleicht ermöglicht hätte, seinen Lebensunterhalt selbst zu verdienen, wenn das Schicksal nicht vorgesehen hätte, dass er auf einem Bett aus Rosen liegen sollte. Nachdem er sich für eine Vorgehensweise entschieden hatte, zögerte er nie, sofort mit der Operation zu beginnen. Aber da er selten zu einer Schlussfolgerung gelangte, die den Einsatz von Energie und Direktheit erforderte, hatten die Gefühle, die ihn belebten, etwas Neues und Inspirierendes, als er seine Karte an genau dem Abend, an dem er sie verfolgt hatte, an Gertrude Van Vleck schickte Beim Rauchen einer Zigarre in seinem Lieblingsclub treten die oben beschriebenen mentalen Prozesse auf. Er spürte, dass es etwas Napoleonisches an sich hatte, auf einmal auf die Festung des Feindes vorzudringen, und er betrat ihr Wohnzimmer mit fast der Miene eines Eroberers. Eine Tatsache, die das Junggesellenleben für Buchanan Budd so befriedigend machte, war, dass er über eine recht lebhafte Vorstellungskraft verfügte. Kein Mensch wird zu einsam werden, wenn er sich ständig mit schmeichelhaften Fantasien täuschen und sich vorstellen kann, dass er das Zentrum des Universums ist und die Enden des Weltraums seinen Befehlen gehorchen können.

„Und was soll ich heute Abend von Ihnen haben, Mr. Budd?" fragte Gertrude und setzte sich zu einem Gespräch nieder, von dem sie wusste, dass es amüsant sein würde. „Tadel für die neue Frau?"

„Nein, Miss Van Vleck ; Ich sehne mich nach Ratschlägen für den altmodischen Mann."

Gertrude lächelte und ihre Augen blitzten fröhlich, als sie ausrief:

„Hier liegt ein Geheimnis! Herr Buchanan Budd sucht Rat bei einer Frau, von der er vermutet, dass sie fortgeschrittene Ideen hat! Das scheint kaum vernünftig."

Da war etwas in Gertrude Van Vlecks Art und Aussehen kamen Budd ungewöhnlich vor. Er hatte sie immer für eine hübsche Frau gehalten, aber heute Abend waren ihre Augen strahlender, ihr Teint strahlender, als er sie jemals gesehen hatte, während etwas im Tonfall ihrer Stimme und in den Bewegungen ihrer Hände so schien deuten auf eine unterdrückte Erregung hin. Diese Phänomene seien, so argumentierte er, ein gutes Vorzeichen für die Vorwärtsbewegung, die er mit napoleonischer Klugheit entlang der gesamten Angriffslinie anzuordnen beschlossen hatte. Aber der Moment für seinen Vorwärtsschritt war noch nicht ganz gekommen. Ein kleines Geplänkel auf freiem Feld war unerlässlich, bevor er seine schweren Truppen aufmarschieren ließ.

„Aber warum ist das nicht vernünftig, Miss Van Vleck ? Sicherlich könnte selbst ein konservativer und, wenn Sie so wollen, reaktionärer Mensch das Bedürfnis verspüren, sich mit den neuen Ideen auseinanderzusetzen. Es kann sogar sein, dass er aufrichtig den Wunsch hegt, so viele der ikonoklastischen Theorien der Zeit wie möglich zu übernehmen, und sei es nur, um die Freundschaften zu bewahren, die er in den friedlichen Tagen zuvor geschlossen hat – bevor" –

„Bevor die Frauen unserer Gruppe anfingen nachzudenken, meinst du", sagte Gertrude und zögerte einen Moment. „Es ist auf jeden Fall ein Kompliment von Ihrer Seite – und so aufopferungsvoll." In ihrer Stimme lag ein Anflug von Sarkasmus.

Budd sah sie bittend an. „Sie werden meinen Motiven kaum gerecht, Miss Van Vleck . Ich bin ehrlich bestrebt, meine alten Vorurteile zu überwinden und mich mit der Zeit, in der ich lebe, in Einklang zu bringen. Sie können *so* viel tun, um mir dabei zu helfen – wenn Sie wollen."

In seiner Stimme lag ein Hauch von Zärtlichkeit, den Gertrude noch nie zuvor gehört hatte, und sie warf ihm einen misstrauischen Blick zu. Der freundschaftliche Verkehr mit Buchanan Budd hatte ihr auf milde Weise große Freude bereitet; und ihre Vorliebe für ihn beruhte zu einem großen

Teil auf dem völligen Fehlen von Flirtverhalten in seinem Verhalten. Dass er die Absicht hatte, ihre Freundschaft zu gefährden, indem er Sentimentalität in die Beziehung einbrachte, war für sie ein neuer Gedanke. In diesem Moment war es der unwillkommenste Verdacht, der ihr in den Sinn kommen konnte. Es gibt keine Zeit, in der eine Frau die Annäherungsversuche eines Mannes, der ihr gegenüber gleichgültig ist, so sehr fürchtet wie der Moment, in dem sie sich eingesteht, dass ihr Herz von einem anderen beeinflusst wird. Buchanan Budd hatte Gertrude Van Vleck unbewusst zu einem Selbstgeständnis gezwungen, das ihren Puls flattern und ihre Wangen blass werden ließ.

„Ich fürchte, Mr. Budd", fuhr sie mit nervöser Lebhaftigkeit fort, „dass Sie nicht bereit wären, uns sehr weit zu folgen – egal wie sehr ich mich bemüht habe, Sie mit der neuen Bewegung in Einklang zu bringen. " Lassen Sie mich Ihnen sagen, Herr Budd, es lässt sich nicht vorhersagen, wo alles enden wird. Eine Frau in Wien hat bei den Behörden die Ernennung zur Oberrichterin beantragt. Eine Miss Edith Walker bewirbt sich in Bogota, Kolumbien, um das Amt der Polizeichefin. Ich sehe an Ihrem Gesicht, dass Sie darüber schockiert sind. Ich bin so froh."

„Freut mich, dass ich schockiert bin?" rief Budd verwirrt aus.

"Nein, nicht das; aber dass ich den Mut hatte, Sie zu warnen."

„Um mich zu warnen?"

„Ja", antwortete Gertrude, während die frühere Blässe ihrer Wangen einer leichten Röte wich, „um Sie zu warnen. Erkennen Sie nicht, dass es große Gefahren birgt, mit der rastlosen Aktivität der *Fin-de-Siècle-* Frau Schritt zu halten? Ich denke, Sie werden viel glücklicher sein, Herr Budd, wenn Sie an Ihren früheren Überzeugungen festhalten und nicht versuchen, sich für Bewegungen und Tendenzen zu interessieren, mit denen Sie, wie Sie wissen, im Grunde keine Sympathie haben."

„Aber", beharrte Budd, der das Gefühl hatte, dass sein Feldzugsplan irgendwie nicht mit dem Erfolg aufging, der ein wahrhaft napoleonisches Manöver mit sich bringen sollte , „ich bin hierher gekommen, um Sie um Hilfe zu bitten, und nicht, um meine Bestrebungen mit kaltem Wasser zu vereiteln." , sondern indem du mir sagst, wie ich – der neuen Frau würdig werden kann."

Gertrude Van Vleck lachte nervös.

„Ich schätze das Kompliment, das Sie mir gemacht haben, Mr. Budd, aber ich bin des Vertrauens, das Sie mir offenbar entgegenbringen, nicht würdig. Ehrlich gesagt fällt es mir so schwer, meine früheren, ich könnte sagen, meine ererbten Überzeugungen an die Lehren der Zeit anzupassen, dass ich das Gefühl habe, dass ich ein Mitläufer statt ein Anführer bleiben muss, selbst um den Preis, dass ich nicht für die Sache gewinne ein so wertvoller Champion wie Mr. Buchanan Budd."

Zum ersten Mal, seit er das Feuer eröffnet hatte, wurde Buchanan Budd klar, dass seine Gefechtslinie zurückgedrängt worden war. Aber eine Schlacht ist nie verloren, bis der letzte Angriff erfolgt ist.

„Es tut mir leid", sagte er nachdenklich, „dass Sie mir nicht mehr Ermutigung gegeben haben in meinem Bemühen, meine Vorstellungen über die Sphäre der Frau, wie Sie es nennen, zu überarbeiten. Ich versichere Ihnen, Miss Van Vleck ", und er beugte sich zu ihr, „dass mein Beweggrund, Sie um Hilfe in dieser Angelegenheit zu bitten, für mich nicht von geringer Bedeutung war." Ich bin sehr darauf bedacht, ... "

Er hielt inne und wartete mit einem Zögern, das überhaupt nicht napoleonisch war. In diesem Moment kam ein Diener mit einer Karte für Miss Van Vleck herein .

"Herr. John Fenton!" rief Gertrude mit etwas in ihrer Stimme, das Buchanan Budd nicht gefiel.

Dann drehte sie sich ruhig zu ihm um und fragte: „Kennen Sie Mr. Fenton, Mr. Budd?"

Eine bisher unveröffentlichte Anekdote erzählt, wie ein mutiger Zuschauer am Morgen von Waterloo auf Napoleon zukam und sagte:

„Entschuldigen Sie, Sire, aber haben Sie Wellington schon einmal getroffen?"

KAPITEL XII.

„ICH DENKE, Mr. Budd, dass Mr. Fenton Ihnen den Rat und Rat geben kann, den ich Ihnen so kläglich nicht geben konnte", bemerkte Gertrude, nachdem ihre Anrufer Platz genommen hatten. „Sehen Sie, Mr. Fenton nimmt die neue Frau ernst."

„Sicherlich, Mr. Budd", sagte John Fenton, „darin liegt kein großer Verdienst. Wir sind dazu verpflichtet, nicht wahr?"

„Ich bin von Ihnen enttäuscht, Mr. Fenton", rief Gertrude. „Ich dachte, du hättest es freiwillig getan, und jetzt deutet es auf Zwang hin."

Buchanan Budd nutzte die Gelegenheit für eine Flankenbewegung.

„Sie haben sich dem Verdacht ausgesetzt, Mr. Fenton. Ich fürchte, Ihr Rat und Ihre Ratschläge für jemanden, der sich sehr darüber freut, eine Frau mit neuen Privilegien willkommen zu heißen, wären nicht so wertvoll, wie ich gehofft hatte."

Fenton erkannte, dass er sich selbst benachteiligt hatte.

„Ihr beide tut mir Unrecht", erklärte er. „Obwohl es, wie gesagt, keine Möglichkeit zum Rückzug gibt, haben wir Männer immer noch Freude daran, mit Frauen voranzukommen, statt gegen sie."

Budd erkannte sofort, dass sein Gegner ein Stratege war, der seiner eigenen napoleonischen Fähigkeiten würdig war.

„Sehen Sie", sagte Budd und blickte Gertrude ernst an, „dass alle Männer zur Kapitulation bereit sind." Die Last liegt nun auf Ihren eigenen Schultern. Es liegt an Ihnen, Ihre Verbündeten in die Richtung zu weisen, die sie einschlagen sollen."

Gertrude lächelte offensichtlich amüsiert; aber sie hatte das schmerzliche Gefühl, dass ihre Hand spürbar zittern würde, wenn sie sie gerade vor sich ausstreckte.

„Es scheint", bemerkte sie und sah Fenton an, „als ob sich alles geändert hat." Als Führerin und Beraterin für Männer befürchte ich, dass die Frau in ihrer Rolle noch nicht ganz oben ist."

„Wie mein Freund Richard Stoughton – Sie haben ihn gestern Abend beim Musical kennengelernt, Miss Van Vleck –, wie Stoughton es ausdrückt, hat sich die Frau von einer Peinigerin zu einer Mentorin entwickelt ", bemerkte Fenton und bewies damit, dass er kein junger Mann mehr war , indem er den Witz eines Freundes zitiert und den Autor würdigt.

„Mir wurde gesagt, dass Mr. Stoughton klug ist", bemerkte Gertrude. „Er ist in einer Zeitung, nicht wahr?"

Eine leichte Röte breitete sich auf Fentons Wange aus.

„Ja", antwortete er und sah Budd fest an; „Er ist einer meiner Kollegen an der *Posaune* ."

„Ah", kommentierte Budd mit etwas, das er zweifellos als napoleonisch gedehnten Ton ansah, „Sie sind – ah – im Journalismus, Mr. Fenton?"

Die Worte selbst enthielten nichts Beleidigendes, aber der Tonfall des Redners deutete an, dass er den Journalismus als eine Disziplin ansah, die in seinem Vortrag nicht anerkannt wurde. Gertrude Van Vleck verstand das verschleierte Hohnlächeln in seiner Stimme, und ihre Augen leuchteten schelmisch, als sie einen schnellen Blick auf Fenton warf und dann zu Budd sagte:

„Mir scheint, und ich kenne so viele Frauen, die mir zustimmen, dass Journalismus heutzutage vor allem der richtige Beruf für einen Mann mit Intelligenz ist."

Soweit der gute Ton es erlaubte, Emotionen auszudrücken, zeigte Buchanan Budds Gesicht einen Ausdruck der Überraschung, als sie diese Worte aussprach. Fenton lächelte leicht und sagte:

„Würden Sie nicht Ihre Position erklären, Miss Van Vleck ? Ihre Bemerkung passt so deutlich zu meinem Lebensweg, dass ich mich freuen würde, wenn Sie uns weiter über die Gründe für die von Ihnen gezogene Schlussfolgerung aufklären würden."

„Vielleicht würde man damit zwei Fliegen mit einer Klappe schlagen", schlug Gertrude begeistert vor. "Herr. Budd hat mich um Rat gefragt, wie man am besten mit den neuen Ideen in Berührung kommen kann, die die Welt beeinflussen – insbesondere, wenn sie auf Frauen zutreffen. Mir scheint, dass das Leben eines Zeitungsmannes ihn zwangsläufig in Sympathie mit den fortschrittlichsten Denkrichtungen bringen muss. Ich meine natürlich einen Zeitungsmann, der eine herausragende Position im Journalismus innehat."

„Wenn ich Ihnen folge – ah – Miss Van Vleck ", warf Budd ein, dessen gedehnte Stimme etwas deutlicher wurde, als ihm klar wurde, dass der Feind ihn geschickt in die Defensive gedrängt hatte, „wenn ich Ihnen folge, scheint der Vorschlag so zu lauten." Um mich gründlich mit den Theorien vertraut zu machen, die die Frau derzeit dominieren, sollte ich – ach – in den Journalismus einsteigen."

Gertrude lachte nervös.

„Was raten Sie, Mr. Fenton? Herr Budd ist ehrlich darauf bedacht, fortschrittlich zu sein; er schmeichelte mir sogar, indem er sagte, ich könne ihm helfen, bestimmte alte Vorurteile zu überwinden, die noch immer an ihm hängen. Aber ich bin davon überzeugt, dass Sie ihm in dieser Angelegenheit mehr behilflich sein können, als ich – oder jede andere Frau – jemals sein könnte."

„Ich fürchte", sagte Fenton kalt, „dass die Behandlung von Mr. Budd, die Sie angedeutet haben, viel zu heroisch ist." Das Leben des New Yorker Zeitungsmannes ist nicht dem Studium von Theorien gewidmet, sondern der Entdeckung und Veröffentlichung von Fakten. Unser Bemühen besteht darin, die arme alte „Wahrheit, niedergedrückt auf der Erde", um die Worte des Dichters zu verwenden, aus der Gefangenschaft zu befreien. "

„Ich nehme an – ah – Mr. Fenton", schlug Budd vor, „dass die Zeitungen deshalb so viel Schmutz aufwirbeln, weil sie – ach – die Wahrheit in einer so unglücklichen Lage finden."

Gertrude und Fenton lachten schallend.

„Sehr gut ausgedrückt, Mr. Budd", rief dieser aus. „Ich bin davon überzeugt, dass man keine Hilfe von außen braucht, um mit den aktuellen Trends Schritt zu halten; vorausgesetzt natürlich", – und Fenton sah Budd ernst an – „vorausgesetzt natürlich, dass Sie ehrlich gesagt lieber progressiv als reaktionär sind."

Budd war aufgestanden, um sich zu verabschieden.

„Ich – äh – fühle mich durch Ihre Worte sehr ermutigt, Mr. Fenton. Vor allem, weil sie mich nicht – ah – zu einem Zeitungsleben verurteilen", sagte er und lächelte sarkastisch. Dann drehte er sich um und nahm Gertrudes Hand.

„Ich hoffe, Miss Van Vleck ", sagte er ernst, „dass Sie sich durch meine Erlösung ermutigt fühlen."

Gertrude sah ihn mit gespielter Feierlichkeit an. „Ich fürchte, Herr Budd, dass das Zeitalter der Wunder längst vorbei ist."

Budd schlenderte nachdenklich die Allee entlang zu seinem Lieblingsclub. „Sie irrt sich, was das Zeitalter der Wunder angeht", sagte er sich. „Überall um uns herum sind erstaunliche und unerklärliche Phänomene zu sehen. Ein Zeitungsmann, der in einem Salon einen Vorteil zu haben scheint! Ist das nicht ein Wunder? Und ich vermute sogar, dass sie ihn bewundert. Es ist unglaublich."

Es gab vieles auf der Welt, das Napoleon in Erstaunen versetzte, als er St. Helena erreichte und Zeit hatte, sich hinzusetzen und nachzudenken.

„Wissen Sie etwas über einen Mann namens John Fenton – einen Journalisten, glaube ich?" fragte Buchanan Budd von Percy-Bartlett, als er den Club erreichte.

„Ja", antwortete dieser. „Fenton gehörte schon vor Jahren zu unserem Ensemble – bevor Sie es betreten haben, wissen Sie. Er ist ein Vollblut, aber exzentrisch und völlig aus dem Rennen."

Diese Antwort trug nicht dazu bei, Budds gestörtes Gleichgewicht wiederherzustellen. Er vermutete, dass Percy-Bartlett John Fentons Durchhaltevermögen unterschätzte.

KAPITEL XIII.

Es war eine helle Mondnacht, als John Fenton eilig von der Van- Vleck -Villa wegging und sich auf Richard Stoughtons Gemächer zubewegte. Warum er zu dieser Stunde beschlossen hatte, seinen jugendlichen Freund aufzusuchen, konnte er kaum sagen. Er war unzufrieden mit sich selbst und der Welt. Er hatte in gewisser Weise einen angenehmen Abend gehabt; Aber ein Mann in Fentons Alter und seinen geistigen Neigungen nimmt keine radikale Änderung seiner Gewohnheiten vor, ohne einen Protest, der in seinen Handlungen zum Ausdruck kommt. Eine gebrochene Kolbenstange ruiniert vielleicht nicht den Atlantikdampfer, verursacht aber viele exzentrische Schwankungen im Kurs des Schiffes.

In den vergangenen zehn Jahren war John Fenton ein Mann mit etwas fragwürdigen Gewohnheiten und ausgesprochen ikonoklastischen Überzeugungen gewesen. Er hatte plötzlich festgestellt, dass sich in den Einzelheiten seines täglichen Lebens eine Veränderung eingeschlichen hatte und dass auf seinen Bildersturm nicht mehr ein Ausrufezeichen, sondern ein Fragezeichen folgte. Welchen Einfluss diese Veränderungen herbeigeführt hatten, war er sich nicht sicher. Er erkannte, dass sein Verkehr mit Richard Stoughton einen gewissen Einfluss auf seine Lebensweise und Denkweise gehabt hatte, aber er hatte sich nie eingestanden, dass er den jungen Mann in die ernste Welt gebracht *hatte* . Dass ein eher oberflächlicher Junge, der gerade erst das College abgeschlossen hatte, einen Mann in Fentons Alter und Charakter völlig aus den alten Bahnen werfen konnte, schien eine Absurdität zu sein. Doch als Fenton die Allee entlangschritt, so tief in sich selbst versunken, dass er die Schönheit der Nacht nicht bemerkte, wurde ihm klar, dass Einflüsse, die er nicht nachvollziehen und deren Stärke er nicht messen konnte, am Werk gewesen waren, um den ausgeglichenen Tenor zu stören seines Lebens, und ihn wieder in den Zustand der Unruhe und des Fragens zu versetzen, der sein Leben erschüttert hatte, bevor er, wie er liebevoll dachte, für immer die Ambitionen aufgegeben hatte, die der Durchschnittsmann schätzt.

Das moderne Leben hat eine Eigenschaft, die berücksichtigt werden muss, wenn wir die äußeren Manifestationen des sie beherrschenden inneren Impulses in unseren Mitmenschen verfolgen; nämlich seine Komplexität. In diesem Zeitalter ist der Einzelne machtlos, sein Leben im Gegensatz zu den Strömungen zu gestalten, die die Welt als Ganzes beeinflussen. Eine Isolation ist praktisch unmöglich. Unser Butler bemerkt, dass Kaffee und Tee zu teuren Luxusgütern geworden seien. Wir sind uns bewusst, dass eine Revolution in Brasilien oder ein Krieg im Fernen Osten dazu geführt hat, dass die Kosten für unsere Küche in die Höhe geschossen sind.

Die Gesellschaft ist eng miteinander verbunden. Jenkins, der Millionär , betrinkt sich beim Abendessen. Der Butler erzählt es dem Koch, der Koch erzählt es seiner Liebsten, seine Liebste erzählt es ihrem Bruder, ihr Bruder erzählt es einem Barkeeper, der Barkeeper erzählt es einem Faulenzer, der Faulenzer erzählt es einem Landstreicher. Zeigt das alles nicht die vollkommene Brüderlichkeit der Menschen?

John Fenton hatte die modernen sozialen Probleme eingehend studiert; und er war sich durchaus darüber im Klaren, dass die gegenseitige Abhängigkeit der Individuen durch die charakteristischen Merkmale des zeitgenössischen Lebens enorm zugenommen hat. Dennoch lag eine gewisse Sturheit in seinem Wesen, die ihn gegen genau die Tendenzen auflehnen ließ, die ihm in seinen optimistischeren Stimmungen die endgültige Rettung der Gesellschaft zu sichern geschienen hatten. Er war ein Mann, der Einwände gegen die Vorstellung erhob, er habe einem Einfluss nachgegeben, den er nicht bis zu seinem Ursprung verfolgen konnte, und sei von seinen früheren Verankerungen abgedriftet. Er akzeptierte die Komplexität der Gesellschaft als eine anregende und vielleicht ermutigende Tatsache und lehnte ihre persönliche Anwendung ab. Er hatte sich sehr bemüht, sowohl in seiner Art als auch in der Theorie ein Rebell zu sein. Dass er eine Waffenstillstandsfahne gehisst hatte, war eine Überzeugung, die ihn sowohl mit Selbstmisstrauen als auch mit Unzufriedenheit erfüllte.

Als er in die Seitenstraße einbog, die zu Stoughtons Unterkunft führte, blieb er vor einem hell erleuchteten Saloon stehen. Einen ganzen Monat lang hatte Fenton fast vollständig auf alkoholische Stimulanzien verzichtet; aber in diesem Moment sehnte er sich nach der belebenden Wirkung eines Cocktails. Er bog wieder in die Allee ein und ging einen halben Block zurück. Er war erstaunt über sein Zögern, seinen scheinbar kindischen Mangel an Entschlossenheit. Er versuchte seine Stimmung zu analysieren. Ihm wurde klar, dass er nichts dagegen hatte, um zehn Uhr abends einen harmlosen kleinen Cocktail anzubieten. Was veranlasste ihn dann, den Salon noch einmal zu passieren, ohne ihn zu betreten? „Vielleicht", sagte er sich, „vielleicht werde ich wieder snobistisch, seit ich in den inneren Kreis zurückgekehrt bin." Wenn ich später einen Cocktail möchte, muss ich einem oder mehreren meiner alten Clubs wieder beitreten."

Fenton fand Richard Stoughton noch immer vor der erlöschenden Glut des Feuers sitzend und nachdenklich Zigarrenrauch in die schwere Atmosphäre pustend.

„Komm, komm, Richard", rief Fenton und warf eines der Fenster hoch. „Man könnte genauso gut in schwuler Gesellschaft das Tempo treiben, als sich in der Einsamkeit in einem Raum, in dem tatsächlich Nikotin erstickt, die Konstitution zu ruinieren. Ich war nicht sicher, ob ich dich finden würde; aber ich habe die Chance genutzt."

Richard blickte seinen Freund prüfend an, als er ihm eine Zigarre reichte.

„Nun, John, ich freue mich natürlich, dich zu sehen, obwohl ich mich heute Abend nicht auf dein Wiederauftauchen gefreut hatte. Und jetzt sag mir, alter Mann, bist du für uns oder gegen uns?"

„Ich verstehe deine Frage nicht ganz, Richard", rief Fenton aus und bedauerte einen Moment lang, dass er keinen Cocktail getrunken hatte, um seine nervöse Energie wiederherzustellen.

„Nun, John, dann vergib mir, wenn ich mir die Freiheit nehme und meine Frage anders formuliere. Hat Ihnen Ihr Anruf bei Miss Van Vleck gefallen ?"

„Das sind tatsächlich sehr unterschiedliche Worte, Richard. Die beiden Fragen scheinen keinen sehr engen Zusammenhang zu haben."

„Vielleicht nicht, John. Das muss ich beurteilen. Aber beantworten Sie die eine oder andere davon; egal für welches du dich entscheidest."

„Nun, mein Junge, ich kann ehrlich sagen", bemerkte Fenton zurückhaltend, „dass ich einen sehr angenehmen Abend hatte."

„Aber es war nicht ganz zufriedenstellend, sonst wärst du nicht hier", kommentierte Richard überzeugt. „Komm, alter Mann, befreie deinen Geist. Sie brauchen einen Beichtvater. Ich werde versuchen, die *Rolle* zu besetzen , wenn Sie meine Jugend und Unerfahrenheit ertragen."

Fenton zog eine Zeit lang schweigend an seiner Zigarre und blickte trübsinnig in die glänzenden Kohlen im Kamin.

„Ich gebe zu, Richard", sagte er schließlich, „dass ich mich in einem gestörten Geisteszustand befinde. Aber wenn ich mir selbst nicht helfen kann, kann mir niemand anders die Hilfe geben, die ich brauche."

„Stolzes und hartnäckiges Herz", rief Richard. „Lassen Sie mich Ihren Fall diagnostizieren. Sie glauben an bestimmte neuartige Theorien und sind zu verschiedenen Wirtschaftslehren übergetreten, deren letztendliche Auswirkungen mehr umfassen als eine bloße Frage der Besteuerung. Sie werden plötzlich mit der Tatsache konfrontiert, dass es sogar der politischen Ökonomie möglich ist, Märtyrer auf den Altären zu fordern, die sie errichtet hat. Natürlich hast du etwas dagegen, ein Märtyrer zu sein."

„Ihre Art, es auszudrücken, Richard", sagte Fenton langsam, „könnte eine Grundlage für die Wahrheit haben. Ich gebe zu, dass ich anscheinend an einem Wendepunkt angelangt bin, der zwingend eine Entscheidung meinerseits erfordert, die radikale Auswirkungen auf mein Leben haben wird."

„Es ist", meinte Richard, „eine Frage von Herzen *versus* Theorien."

„Noch nicht vielleicht", antwortete Fenton; „Aber es könnte so werden, wenn ich mit meinen derzeitigen Methoden nicht sofort Schluss mache."

„Kein Mensch kann heute zwei Herren dienen, John, genauso wenig wie unsere entfernten Vorfahren es konnten, als der Vorschlag zum ersten Mal in Worte gefasst wurde. Natürlich wissen Sie ohne jede Erklärung meinerseits, wie sehr ich mit dem Kampf, der Sie beunruhigt, mitfühle. Erstens lehne ich es ab, die Schlussfolgerungen zu akzeptieren, obwohl ich möglicherweise gezwungen bin, die Stärke der Prämissen anzuerkennen, auf denen der Autor, den Sie Meister nennen, seine Schlussfolgerungen gründet. Einem Regenbogen nachzujagen scheint mir eine nutzlose Beschäftigung zu sein, egal wie sehr wir den Regenbogen bewundern. Darüber hinaus spielt bei meiner Sichtweise auf diese Angelegenheit der persönliche Aspekt eine große Rolle. Ich habe dich sehr liebgewonnen, John", und Richards Stimme klang fast zärtlich, „und ich möchte sehen, wie du den Weg zum Glück einschlägst, den dir der Zufall eröffnet hat."

„Wir reden in der Luft, mein Junge", sagte Fenton ernst und mit einem Anflug von Traurigkeit im Tonfall. „Es ist nur übermäßiger Egoismus meinerseits, der mich glauben lassen könnte, dass sich der Weg zum Glück, von dem Sie sprechen, wirklich vor mir geöffnet hat."

„Aber wenn Sie sicher wären", beharrte Richard, „Sie wären sich sicher, dass Sie die Freude gewinnen könnten, die sich plötzlich Ihrem Blick entgegenstellte, indem Sie das opferten, was ich mir die Freiheit erlaube, Ihre chimären Bemühungen zu nennen, den Schwanz des Jahrtausends zu streuen, nicht wahr? Gib deine philanthropischen, aber hoffnungslosen Träume auf und lass dich von der verlockenden Realität leiten, die in deiner Reichweite liegt?"

„Ehrlich gesagt, Richard", antwortete Fenton nach einem Moment des Schweigens, „ich kann die Frage heute Abend nicht beantworten. Es dauert lange, bis ein Mann im mittleren Lebensalter die Ergebnisse von zehn Jahren Lesen, Denken und Bemühen zunichte macht. Aber ich freue mich, dass Sie das Problem konkretisiert haben. Jetzt, da ich gehört habe, wie Sie es in Worte gefasst haben, kann ich es gelassener betrachten. Aber es ist spät und ich muss gehen. Ich fürchte, ich war sehr egoistisch, Richard. Sag mir, mein Junge, warum hast du einen ganzen Abend damit verschwendet, auf ein Kohlenbett zu starren und Rauch in die Luft zu blasen?"

Richard lächelte, als er Fentons ausgestreckte Hand nahm.

„Ich habe versucht, eine Entscheidung zu treffen, John.“

„Und hast du es erreicht?“

„Ich fürchte nicht, alter Mann. Entscheidungen sind schwer zu treffen, John, nicht wahr?“

„Das sind sie tatsächlich“, stimmte Fenton traurig zu, als er gute Nacht sagte.

KAPITEL XIV.

„ICH HABE nach dir geschickt, um mich aufzumuntern, Gertrude, aber im Grunde bist du das deprimierendste Geschöpf, das ich seit langem gesehen habe. Du bist überhaupt nicht wie du selbst. Was ist los?"

Mrs. Percy-Bartlett und Gertrude Van Vleck verbrachten einen Nachmittag zusammen und gönnten sich das, was Erstere „Boudoir-Reue" nannte. Die Fastenzeit war gekommen, und die Reaktion der gesellschaftlichen Fröhlichkeit hatte dazu geführt, dass sich die Gesellschaft eine Zeit lang hinsetzte und versuchte, nachzudenken. Sackleinen und Asche standen Mrs. Percy-Bartlett sehr gut; denn sie hatte in den Augen von Gertrude Van Vleck noch nie attraktiver gewirkt als in diesem Moment, als sie ihren Stuhl dicht an die Seite ihrer Freundin rückte und, ihre Hand nehmend, fragend in ihr besorgtes Gesicht lächelte.

„Du hast etwas im Kopf, Gertrude; Ich bin mir sicher. Sag mir, was es ist."

Gertrude Van Vlecks klares Gesicht war blasser als sonst, und unter ihren Augen waren dunkle Ringe.

„Du irrst dich, Harriet", antwortete sie ausweichend. „Ich verspüre immer eine gewisse Depression, wenn die Fastenzeit beginnt. Ich denke, dass das für mich sehr angemessen ist. Die Fastenzeit bedeutet uns, deren Tage fast ausschließlich Ostern sind, mehr als den Menschen, die ihr ganzes Leben im Schatten der Selbstaufopferung und Verleugnung verbringen. Weißt du, Harriet, ich habe manchmal großes Mitleid mit der besorgten und überarbeiteten Welt außerhalb unseres Sets. Es scheint so ungerecht, dass einige von uns alle guten Dinge der Erde haben sollten, während Millionen gezwungen sind, zu schuften, krank zu werden und zu sterben, nur um genug zu essen und zu tragen."

Mrs. Percy-Bartlett blickte Gertrude mit unverhohlener Verwunderung an.

„Was für seltsame Ideen dir in den Sinn kommen, Gertrude! Ich freue mich, dass Sie so bald nach Europa reisen. Die Veränderung wird dir gut tun."

„Das hoffe ich, Harriet", sagte Gertrude ernst, „denn ich bin wirklich schrecklich verstimmt. Ich habe oft gedacht, wissen Sie nicht, dass es eine herrliche Sache ist, dass wir Frauen von heute nicht damit zufrieden sind, alles als selbstverständlich hinzunehmen, sondern dazu neigen, ein wenig selbst zu lesen und nachzudenken. Aber wir zahlen die Strafe für unsere intellektuelle Emanzipation auf verschiedene Weise. Ist es nicht Byron, der sagt: „Wissen ist Kummer, und wer am meisten weiß, muss am meisten trauern."

„Was für ein neugieriges Mädchen du bist, Gertrude! Ich wusste nicht, dass heutzutage jemals jemand Byron zitierte. Er ist so altmodisch, nicht wahr? Aber, Gertrude, ich mache mir wirklich Sorgen um dich. Sicherlich ist es nicht unsere Schuld, wenn auf der Welt alles falsch läuft. Was können wir tun, um die Dinge in Ordnung zu bringen? Absolut nichts, meine Liebe. Es könnte uns genauso gut leid tun, dass die Japaner viele Chinesen getötet haben, als uns um die Armut und das Elend auf der Ostseite – oder ist es auf der Westseite – dieser großartigen Stadt zu sorgen. Es tut mir leid, Gertrude, dass du weder literarisch noch musikalisch oder so etwas in der Art bist. Es ist eine wunderbare Sache, genau solchen Stimmungen, in denen man sich gerade befindet, ein Ventil zu geben. Wenn es meine Musik nicht gäbe, wüsste ich nicht, was ich manchmal tun würde. Etwas Rücksichtsloses, fürchte ich.“

„Nein“, sagte Gertrude traurig, „ich habe nichts dergleichen, das mir weiterhelfen könnte. Manchmal wünschte ich, ich könnte einen großartigen Roman schreiben. Ich weiß natürlich, dass das absurd klingt, aber ich möchte etwas tun, das es wert ist, getan zu werden.“

Mrs. Percy-Bartlett lächelte ihre Begleiterin amüsiert an.

„Ich hoffe“, sagte sie, „dass du der Versuchung nicht nachgeben wirst, meine Liebe. Aber im Ernst, Gertrude, ich möchte, dass du mir ein Versprechen gibst, ein feierliches Versprechen, um deines eigenen Glücks willen.“

"Was ist es?" fragte Gertrude mit einem traurigen Lächeln im Gesicht. „Ich bin in der Stimmung, fast alles zu versprechen.“

„Dann, Gertrude“, sagte Mrs. Percy-Bartlett und streichelte sanft die Hand ihrer Freundin, „dann möchte ich, dass du mir versprichst, dass du dich verlieben wirst.“

Gertrude lachte fast fröhlich.

„Was für eine seltsame Bitte, Harriet! Ich weiß nicht, was mein Ihnen gegebenes Wort in einem solchen Fall wert wäre.“ Dann nahm ihr Gesicht einen Ausdruck der Traurigkeit an. „Ich frage mich“, sagte sie nachdenklich, „ob ich Ihnen etwas sagen sollte. Das würde ich so gerne tun, Harriet, aber es scheint nicht ganz fair zu sein.“

Mrs. Percy-Bartlett warf ihren Arm um Gertrudes Hals und zog sie dicht an ihre Seite.

„Du kannst mir vertrauen, Gertrude. Weißt du nicht, dass du es kannst? Ich wusste, dass du mir etwas zu sagen hattest. Flüstere es, meine Liebe. Was ist es?"

Gertrude neigte ihren Kopf dicht an das Ohr ihrer Vertrauten.

„Buchanan Budd hat mir gestern Abend einen Heiratsantrag gemacht, Harriet.“

"Und du"-

„Und ich habe ihn abgelehnt“, antwortete Gertrude mit hysterischem Bruch in der Stimme.

„Es tut mir so leid“, sagte Mrs. Percy-Bartlett streichelnd, während sie sanft Gertrudes üppiges Haar streichelte.

Die Augen des Mädchens trafen sich fragend.

„Entschuldigung, Harriet; Tut mir leid, dass ich ihn abgelehnt habe?“

„Nein, nein, meine Liebe; das überhaupt nicht. Es tut mir leid, dass Sie eine solche Tortur durchmachen mussten. Aber, Gertrude, du hast mir noch etwas zu sagen – etwas Wichtigeres.“

Gertrude Van Vleck richtete sich auf und sah ihre Freundin forschend an.

„Es ist so schwer, dich zufriedenzustellen, Harriet“, rief sie schließlich aus. „Ist es nicht genug, dass ich Ihnen gestanden habe, dass mir gestern Abend ein Mann einen Heiratsantrag gemacht hat und dass ich ihn abgelehnt habe? Wirklich, meine Liebe, du musst deinen schrecklichen Appetit auf Klatsch unterdrücken.“

Mrs. Percy-Bartlett erhob sich mit einem verletzten Gesichtsausdruck.

„Ich wundere mich nicht, Gertrude, dass viele Leute dich fürchten. Du sagst manchmal sehr schneidende Dinge.“

„Verzeih mir, Harriet“, rief Gertrude impulsiv. „Komm, setz dich hierher. Ich wollte nicht sarkastisch sein, meine Liebe. Das ist nett von dir. Komm nah zu mir. Weißt du nicht, Harriet, dass die Büßerin im Beichtstuhl nie ganz alles erzählt, was ihr auf dem Herzen liegt? Du darfst nicht zu viel von mir erwarten. Ich bin nur ein Mensch, weißt du, meine Liebe. Was wäre eine Frau ohne ihr Geheimnis? Du musst mir meines überlassen, Harriet, und ich werde nicht um deines bitten.“

Mrs. Percy-Bartlett errötete leicht, als ihr Blick den von Gertrude traf.

„Vielleicht war ich zu anspruchsvoll, Gertrude“, sagte sie leise. „Aber ich bin so sehr darauf bedacht, dich vollkommen glücklich zu sehen, dass ich meinen Wünschen die Oberhand über meine Diskretion lasse. Du wirst mir verzeihen, nicht wahr?“

„Ich freue mich darauf, mich vollkommen glücklich zu sehen", wiederholte Gertrude nachdenklich. „Und das scheint zu bedeuten, Harriet, dass du mich gerne heiraten würdest."

Mrs. Percy-Bartlett lachte nervös.

„Es erscheint tatsächlich unlogisch", bemerkte sie mit einer Stimme, die selbst für sie selbst kalt und hart klang. „Es ist merkwürdig, wie die Ehe jede Frau zu einer Heiratsvermittlerin zu machen scheint. Ich für meinen Teil kann es sicher nicht verstehen."

Mehrere Augenblicke lang herrschte Stille im Raum. Gertrude und Harriet verstanden sich perfekt; Aber es gibt immer eine klar definierte Grenze für die Offenheit zwischen zwei Frauen, insbesondere wenn die eine verheiratet ist und die andere nicht.

Mit geübter Gelassenheit fragte Gertrude gleichgültig, als sie aufstand, um zu gehen: –

„Haben Sie Mr. Stoughton kürzlich gesehen, Harriet?"

„Ja, er hat mehrmals angerufen."

„Und du magst ihn?"

"Sehr viel. Ich glaube, er kommt heute Abend. Wir sind sehr gute Freunde."

Mit einer für sie ungewöhnlichen Impulsivität beugte sich Gertrude vor und küsste ihre Freundin auf die Lippen.

„Sei vorsichtig, Harriet. Seien Sie vorsichtig", flüsterte sie, drehte sich dann um und verließ den Raum.

Kapitel XV.

„SIE sehen müde aus, Mr. Stoughton. Du hast zu hart gearbeitet."

So sagte Mrs. Percy-Bartlett zu Richard, während ihre braunen Augen fragend auf seinem blassen Gesicht ruhten. Wenn eine Frau das Aussehen eines Mannes offen ins Gesicht kommentiert, ist es offensichtlich, dass ihre Freundschaft zu ihm auf einer sehr festen Grundlage steht.

„Vielleicht ja", erwiderte Richard und lächelte dankbar. „Manchmal habe ich es sehr satt, Wasser durch ein Sieb zu gießen; jeden Tag einen Stein auf die Spitze eines Hügels zu rollen, um ihn am nächsten Morgen wieder unten zu finden."

Sie beugte sich zu ihm und sah ihm ernst ins Gesicht.

„Aber es muss ein herrliches Privileg sein, Herr Stoughton, das Gefühl zu haben, dass das, was Sie schreiben, von Tausenden und Abertausenden Menschen gelesen wird; dass Sie ein wichtiger Teil dieser großen Kraft im modernen Leben sind, der Tagespresse."

„In gewisser Weise", erwiderte er nachdenklich, „ist es eine Genugtuung zu wissen, dass Sie sich an ein großes Publikum wenden – ein Publikum, das nicht in der Lage ist, Sie von der Bühne zu vertreiben, wenn es mit Ihren Worten nicht zufrieden ist." Aber im besten Fall ist meine redaktionelle Arbeit sowohl vergänglich als auch anonym."

Sie lächelte ihn mitfühlend an .

„Ich weiß, was in deinem Kopf vorgeht", rief sie. „Sie wünschen sich die Anerkennung und den Applaus der Öffentlichkeit. Aber das kommt bestimmt noch rechtzeitig. Sie haben große Talente, Mr. Stoughton; und – verzeihen Sie mir, dass ich das sage – Sie sind jung und können es sich leisten zu warten."

Sie schwiegen eine Zeit lang, ein Beweis dafür, dass ihre Freundschaft große Fortschritte gemacht hatte. Es ist nicht so sehr das, was Menschen einander sagen, sondern vielmehr das, was sie voreinander verbergen, das den Status ihres Verkehrs kennzeichnet. Ein langes Schweigen zwischen einem Mann und einer Frau, die allein zusammensitzen, ist sehr beredt; und ihre Bedeutung steht in direktem Verhältnis zu ihrer geistigen Wachsamkeit. Im Schweigen von Stock und Stein gibt es keine dynamische Unterdrückung; Doch als die Götter auf dem Olymp aufhören zu sprechen, bebt die Erde vor Angst.

„Wissen Sie", bemerkte Richard schließlich, „dass ich etwas von dem Ehrgeiz verloren habe, der mich vor einigen Monaten inspiriert hat? Vielleicht bin ich der Arbeit überdrüssig geworden, oder diese großartige Stadt hat einen deprimierenden Einfluss auf meine Ambitionen gehabt. Was auch immer der Grund sein mag, ich stelle jedoch fest, dass ich die Luftschlösser, die ich vor nicht allzu langer Zeit mit so viel Begeisterung errichtet habe, nicht mehr baue. Warum ist das Ihrer Meinung nach so?"

Er blickte sie forschend an; und als sich ihre Blicke trafen, verloren ihre Wangen etwas von ihrer Farbe.

„Ehrgeiz mag schlafen, aber er stirbt nie, Mr. Stoughton. Sie leiden unter der Reaktion Ihres plötzlichen und bemerkenswerten Erfolgs."

"Mein Erfolg!" er rief aus. "Ja; Seit meiner Ankunft in New York habe ich einen großen und erfreulichen Erfolg errungen; und nur einer."

"Und das ist?" fragte sie leise und mit abgewandtem Blick.

„Ich habe dich zu meiner Freundin gemacht", sagte er und beugte sich zu ihr, bis ihn der Duft ihres üppigen Haares mit unbestimmter Ekstase erfüllte und das Lächeln auf ihren Lippen fast wie eine Liebkosung wirkte.

Plötzlich sah sie zu ihm auf und in ihren Augen lag ein besorgter und flehender Glanz.

„Und den Preis meiner Freundschaft – bist du bereit, ihn zu zahlen?" fragte sie sanft.

" Natürlich bin ich!" er rief aus. „Für eine solche Sache ist mir kein Opfer zu groß. Solche Schnäppchen werden doch im Himmel gemacht, nicht wahr?"

Sie blickte ihn mit einem Ausdruck in ihren Augen an, der ihm verriet, dass er sie verletzt hatte. Wortlos stand sie auf und ging ins Musikzimmer, und er folgte ihr mit einem reuigen Gesichtsausdruck. Sie setzte sich ans Klavier und spielte leise etwas von der Fastenmusik, die sie beim Nachmittagsgottesdienst gehört hatte.

Das Gebet einer Welt mit gebrochenem Herzen erklang in den schluchzenden Akkorden. Dann änderte sich die Bewegung, und die Harmonie schien den müden Menschensöhnen Ruhe und Frieden zu versprechen. Der Geist der Bußzeit hatte sich in Klängen kristallisiert und berührte das Herz, als hätte eine Stimme aus einer anderen Welt geflüstert.

Die Musik verstummte, als ob die Unendlichkeit die müde Seele eines Menschen, der laut weinte, in ihre Brust genommen hätte und dann in Frieden entschlief; und sie drehte sich um und blickte in das Gesicht des Jünglings an ihrer Seite.

„Ist es nicht erholsam?" fragte sie sanft. „Wie wunderbar ist es, dass Musik unsere Stimmung und unsere Sehnsüchte so verändern kann."

„Und du verzeihst mir?" fragte er reuig.

Sie lachte fast fröhlich.

„Ist das nicht eine Gewohnheit, in die ich verfallen bin? Ich gewähre Ihnen doch immer Verzeihung, nicht wahr? Erinnern Sie sich, als ich Sie zum ersten Mal traf, mussten Sie um Verzeihung für das bitten, was Sie gesagt haben. Wie oft ich dich seitdem begnadigt habe, kann ich kaum sagen. Du warst sehr rebellisch."

„Wie könnte ich anders sein?" rief er und wich ihrem Blick aus. „Fühlt sich der Gefangene aufgrund seiner Ketten weniger ungeduldig? Es ist doch so schwierig, zivilisiert zu sein?"

„Ich verstehe Sie kaum, Mr. Stoughton", sagte sie und bemühte sich, sehr kühl zu sprechen.

„Verflucht seien die sozialen Lügen, die uns von der lebendigen Wahrheit
abbringen"

er zitierte.

„Wie gründlich bringt Tennyson die Revolte der Jugend gegen die Fesseln zum Ausdruck, die die sogenannte Zivilisation ihr umgelegt hat! Ich glaube, ich weiß auf meine Kosten, wie er sich gefühlt hat, als er bestimmte Zeilen in „Locksley Hall" schrieb."

Richard machte ein paar Schritte im Zimmer auf und ab, warf sich dann auf einen Stuhl und blickte Mrs. Percy-Bartlett unverwandt an. Ihr Gesicht hatte seine Farbe verloren, und unter ihren Augen waren dunkle Schatten, während um ihren Mund ein Lächeln der Traurigkeit, vielleicht des Bedauerns, schwebte.

„Ich habe dir etwas zu sagen", bemerkte sie nach einem Moment des Schweigens mit leiser und fester Stimme. „Sie müssen sitzen, wo Sie sind, und mir aufmerksam zuhören. Versprichst du mir, meine Worte sorgfältig abzuwägen und – und – mich nicht falsch zu verstehen?"

Er sah, dass sie sich einer schwierigen Aufgabe widmete, und sagte sanft:

"Das verspreche ich; mach weiter."

„Dann", fuhr sie fort und lächelte ihn dankbar an, „möchte ich offen sagen, dass ich große Freude an unserer Freundschaft hatte." Es ist jedoch kaum nötig, Ihnen das zu sagen. Ich glaube, ich habe es Ihnen in vielerlei Hinsicht bewiesen. Aber die Zeit ist gekommen, in der es an Ihnen liegt, was die Zukunft für uns bereithält. Wenn Sie bereit sind, ein wahrer und selbstloser Freund für mich zu sein – im höchsten Sinne des Wortes „zivilisiert" zu sein – können wir so weitermachen wie bisher. Aber wenn – wenn Ihre Ketten Sie zu sehr beunruhigen oder wenn die geringste Gefahr besteht, dass Sie sie jemals zerbrechen, dann ist es besser, dass wir uns trennen. Für einen Mann ist es so leicht, eine Frau falsch zu verstehen – deshalb bin ich ehrlich zu Ihnen. Bist du nicht dankbar? Dankest du mir nicht?" In ihrer Stimme lag ein Hauch von Flehen.

Richard stand auf und bewegte sich einen Moment lang unruhig im Zimmer auf und ab. Die Zivilisation verfügte, dass er sitzen bleiben und alle Anzeichen von Emotionen unterdrücken sollte; Aber in der Jugend gibt es eine starke Ader der Wildheit, und Richard Stoughton war noch sehr jung.

„„Die dienen auch, die nur dastehen und warten!"", rief er irrelevant.

Mrs. Percy-Bartlett lachte schallend.

„Das Zitat macht Ihnen in gewisser Weise Ehre, Mr. Stoughton, auch wenn es nicht sehr *treffend zu sein scheint* ."

„Vielleicht nicht", gab er zu und setzte sich wieder hin. „Aber irgendwie hat es die Situation entspannt. Lassen Sie es zumindest erkennen, dass ich Ihr Ultimatum akzeptiere."

„Wenn ich Sie gut genug kennen würde", kommentierte Frau Percy-Bartlett lächelnd, „würde ich sagen, dass das ziemlich verärgert klang. Ich hasse den Gedanken, dass ich ein Ultimatum gestellt habe. Das kommt mir doch unweiblich vor, nicht wahr?"

„Ich weiß es kaum", sagte er nachdenklich. „Heutzutage ist es schwer zu sagen, was weiblich ist und was nicht. Vor ein paar Jahren hätten wir gesagt, dass es unweiblich sei, wenn ein Mädchen vor einem gemischten Publikum steht und eine politische Rede hält. Niemand würde es jetzt wagen, diesen Boden zu erobern."

Mrs. Percy-Bartlett lächelte mitfühlend .

„Ich bin sicher", sagte sie, „dass Sie die Bemühungen der Frau, sich von den alten Beschränkungen zu lösen, nicht gutheißen."

„Nicht ganz", antwortete er offen. „Ich habe eine starke Ader des Neuengland-Konservatismus in meiner Verfassung. Es lehnt sich gegen viele der Ideen des Endes des Jahrhunderts auf, die in dieser Stadt große Fortschritte machen."

Und so redeten sie eine Zeit lang weiter, in einer Art und Weise, die die völlige Wirksamkeit von Mrs. Percy-Bartletts Ultimatum bewies.

„Es ist so viel besser", sagte sie, als sie aufstand, um ihm zum Abschied die Hand zu reichen, „es ist so viel besser, über die ‚neue Frau' zu sprechen als – als" –

„ Als der alte Adam", fügte er hinzu. „Ja, ich stimme dir zu – der Freundschaft zuliebe."

„Und du bist mein Freund", rief sie impulsiv, während er immer noch ihre Hand hielt und ihm plötzlich kalt wurde.

„Ja", murmelte er mit gedämpfter Stimme, beugte sich vor und küsste die schlanken Finger in seinem Griff.

Sie stand am Eingang zum Musikzimmer, bis sie hörte, wie sich die Flurtür schloss. Dann drehte sie sich um und setzte sich ans Klavier. Hier fand Percy-Bartlett sie, wie sie müßig seltsame Melodien webte, während die Nacht älter wurde.

„Du siehst blass und müde aus, Liebes", sagte er sanft, während er sich beugte und ihre farblose Wange küsste. „Ich hätte nicht gedacht, dass du warten würdest."

"Ist es zu spät?" fragte sie müde. „Ich hatte jegliches Zeitgefühl verloren."

„Ich werde sehr froh sein", bemerkte ihr Mann, während er sich setzte und sich eine Zigarre anzündete, „wenn meine Angelegenheiten und die der Nation so geregelt sind, dass ich nachts nicht gezwungen sein werde, über Geschäfte zu reden." War niemand da, Harriet?"

„Ja", antwortete sie in einem nachlässigen Ton und schlug ein paar sanfte Akkorde auf dem Instrument an; "Herr. Stoughton rief an und blieb etwa eine Stunde."

Percy-Bartlett schnipste ungeduldig die Asche von seiner Zigarre. Er schwieg eine Zeit lang und unterdrückte energisch jedes Gefühl der Verärgerung, das ihre Worte hervorgerufen hatten.

„Finden Sie den Jungen interessant?" fragte er kalt.

Sie sah ihn einen Moment lang ruhig an und sagte dann gleichgültig:

„Nun – zumindest ist er mir lieber als die Einsamkeit.“

Dann stand sie auf und sagte „Gute Nacht“ und überließ Percy-Bartlett den Trost, den er aus seinen Gedanken und seinem Tabak schöpfen konnte.

Kapitel XVI.

ES war Samstagabend bei La Ria. John Fenton und Richard Stoughton saßen Seite an Seite am Ende des Raumes und warteten mit echter La-Rian-Geduld auf die Suppe. Niemand, der es eilig hat, geht am Samstagabend zu La Ria. Ungeduld ist ein Sakrileg in der böhmischen Republik, die unter dem Bürgersteig einer Innenstadtstraße liegt und in ihren bezaubernden Grenzen viele der klügsten Männer und attraktivsten Frauen der Stadt anzieht. La Ria's ist sowohl ein Vergnügen als auch ein Protest. Das Vergnügen liegt an der Oberfläche, der Protest liegt darunter. Ersteres ist das, was der wahre La Rian fühlt, Letzteres ist das, was er denkt. Seine Anwesenheit am Samstagabend in diesem berühmten Restaurant beweist, dass er nicht zulassen will, dass die Metropole der Neuen Welt zu einer farblosen Ansammlung sehr reicher und sehr armer Bürger wird. La Ria's bietet sowohl den Reichen als auch den Armen ein Ventil für die inhärente Vorliebe von Männern und Frauen für das Malerische und Unkonventionelle.

In diesem niedrigen Raum, der schon vor dem Servieren der Suppe blau vom Zigarettenrauch ist, gibt es nichts Schönes; Aber wenn Sie den treuen La Rian fragen würden, ob er den „historischen Bankettsaal" – wie ihn ein begeisterter Reporter einst nannte – in irgendeiner wichtigen Einzelheit ändern lassen würde, würde er Sie verächtlich ansehen. Erhöhen Sie die Decke, schmücken Sie die Wände, bringen Sie Spiegel, Vergoldungen, Teppiche und einen kostspieligen Gottesdienst an, und die La Rians mit gebrochenem Herzen marschierten traurig in die Nacht hinaus und beklagten den Moment, in dem das Geld seinen verhängnisvollen Schandfleck über die einzige Stelle geworfen hatte die Stadt, in der der Millionär in der Bedeutungslosigkeit versinkt, wenn er mit dem Dichter, dem Künstler und dem Journalisten speist, und in der es mindestens einmal in der Woche „ein Fest der Vernunft und einen Fluss der Seele" gibt.

„So etwas übt eine Faszination aus, die unwiderstehlich ist", flüsterte Richard John Fenton zu, als dieser, nachdem das Abendessen einigermaßen begonnen hatte, an seinem Rotwein nippte und sich entzückt umsah. Er war noch jung und unkultiviert genug, um den Glamour seiner Umgebung zu genießen, ohne unter die Oberfläche zu blicken und dort die Lebenstragödien zu sehen, die die Schauspieler in der Szene vor ihm unter der Maske der Fröhlichkeit verbargen. Sein Blick fiel auf den lächelnden Blick eines dunkelhaarigen Mädchens mit klassisch regelmäßigen Gesichtszügen und einer zart geformten Hand, das ihr Weinglas hob, während sie sein Lächeln erwiderte und seine Gesundheit in größter Freundschaft zu versprechen schien . Sie saß an einem Tisch auf halber Höhe des Raumes und hatte mit mehreren Männern mit Van-Dyke-Bärten gelacht und geplaudert, von denen einer, wie Richard später erfuhr, ein berühmter Maler vollkommen harmloser Landschaften war – ein Mann, der wie Mephistopheles aussah, aber er sprach seine Gebete, bevor er in den Ruhestand ging.

„Sei vorsichtig, Richard", bemerkte Fenton gutmütig; „Sie ist ein schönes Mädchen, aber sehr gefährlich."

Der junge Mann blickte lachend zu seinem Freund auf.

„Du hast mich hierher gebracht, John. Sie sind für die Folgen verantwortlich."

„Bin ich der Hüter meines Bruders?" fragte der ältere Mann feierlich. „Du bist alt genug, Richard, um auf dich selbst aufzupassen, nehme ich an. Ich wische meine Hände von der ganzen Angelegenheit."

Während das Abendessen voranschritt, verspürte Richard einen Rausch, der nicht auf Wein zurückzuführen war; denn er mochte keine alkoholischen Aufputschmittel und trank nur sehr sparsam. In seiner Umgebung herrschte eine seltsame Heiterkeit, die ihm ein neuartiges Gefühl verschaffte. Von den hundert und mehr Männern und Frauen im Raum wusste er wenig oder nichts; aber er konnte sehen, dass unter ihnen Menschen beiderlei Geschlechts waren, deren Gesichter und Haltung Vornehmheit und hohe Abstammung verrieten. Dass es andere gab, deren Herkunft fraglich war und die den Stempel der Vulgarität trugen, änderte nichts an der Tatsache, dass das edle Blut Böhmens vor seinem Blick dargestellt wurde, sondern betonte es. Nach einer Weile gab er es auf, sich über seine Gefährten zu verallgemeinern, und stellte fest, dass seine Aufmerksamkeit auf das Mädchen konzentriert war, das lächelnd ihr Glas an ihn gerichtet hatte. Als der Käse und der Kaffee gekommen waren, musste er zugeben, dass sie das faszinierendste Gesicht hatte, das er je gesehen hatte, und dass im Blick ihrer dunklen Augen etwas Berauschenderes lag als jeder Likör, den er je getrunken hatte. Als er sich eine Zigarette anzündete und sich in seinem Stuhl zurücklehnte, um den Liedern und Reden zu lauschen, von denen Fenton ihm gesagt hatte, dass sie auf den Nachtisch folgen würden, machte er sich Vorwürfe über seine eigene Wankelmütigkeit, war aber mehr denn je entschlossen, die Bekanntschaft mit der *fröhlichen Bohemienne* zu machen .

„Wein, Frauen und Gesang!" rief ein würdevoller, aber freundlich aussehender Mann, der am anderen Ende des Raumes aufstand, als wollte er mit einer Anstrengung die verstreuten Elemente der guten Gemeinschaft kristallisieren , die durch das bescheidene, aber sehr genießbare Abendessen entstanden waren, „und das Größte davon ist" – Er hielt inne , als würde er auf eine Antwort warten.

„Wein", riefen einige; „Frauen", riefen viele; und eine einsame Stimme sagte „Lied".

Der Toastmeister wandte sich sofort an die rücksichtslose Person, die sich für das Lied ausgesprochen hatte, und rief ihn namentlich auf, aufzustehen und seine Position zu rechtfertigen. Eher vor Verärgerung als aus Bescheidenheit errötend, stand ein junger Mann auf und brach die Stille, die darauf folgte, indem er mit angenehmer, aber untrainierter Stimme eine vom Sänger vertonte Ballade von Rudyard Kipling sang. Es folgte Applaus und das Eis war gebrochen. Lieder und Geschichten folgten einander in rascher Folge.

"Es ist großartig!" rief Richard in Fentons Ohr; und wieder erhob er sein Glas auf das dunkelhaarige Mädchen, das lässig an einer Zigarette zog und hin und wieder herzlich lächelte, wenn sie Richards Blick auffing.

Der Toastmeister stand auf, hob die Hand zum Schweigen und sagte mit schlichter Beredsamkeit:

„Die Priester und Pfarrer, die Bischöfe und Wanderprediger haben sich im Laufe der Jahrhunderte ‚Götter' genannt; und siehe da! Sie treten beiseite, und wir, die Modernen, geben diesen Titel in unserem Herzen den Dichtern, den Dramatikern, den Webern von Geschichten, die die Seele berühren, den Wundertätern in Worten und Gedanken, die diesen herrlichen Tempel geschaffen haben, den wir nennen Literatur. Homer und Platon und Horaz und Shakespeare und Goethe – das sind die wahren „Götter"; Dies sind die inspirierten und gesalbten Lehrer, die keine Ansprüche auf unsere Ehrfurcht und Ehrfurcht stellen und feststellen, dass alle Generationen vor ihnen auf die Knie gehen."

Er hielt inne, um Luft zu holen, und ein Applaus trieb den Tabakrauch gegen die Decke.

„Mit dieser Einführung", fuhr er fort, „stelle ich einen alten Freund von Ihnen vor, der ein Gedicht geschrieben hat, von dem er mir bescheiden gesagt hat, es sei ‚einfach großartig'."

Ein lautes Gelächter begrüßte diesen Ausfall, als ein großer, schlanker Mann mit grauem Haar und jugendlichem Gesichtsausdruck auftauchte. Dass er bekannt und überaus beliebt war, bewies der Beifall, der ihn begrüßte.

Er stand am Ende des Tisches, an dem Richards Verlobte saß; und als er das folgende Gedicht rezitierte, deutete er durch Blick und Geste an, dass das dunkelhaarige Mädchen die Inspiration gewesen sei – ein Nebeneffekt, der seine Zuhörer amüsierte, Richard jedoch mit einer ebenso ausgeprägten wie unvernünftigen Eifersucht erfüllte.

„Ich nenne diesen kleinen Versuch, Sie zu unterhalten", sagte der Dichter,
„Die Rache des Prinzen Spaghetti."

Dann rezitierte er mit viel sprachlicher Geschicklichkeit die folgenden
Zeilen:

„Nicht dort, wo grelle Lichter leuchten,
Nicht im strahlenden Bankettsaal,
Nicht wo Kellner, still, feierlich,
Lassen Sie die knallige Erhabenheit verschwinden;
Nicht dort, wo Wein so teuer ist
Dass dein Durst wie ein Verbrechen erscheint,
Und oft „die Pfeife nass machen".
Ist eine Rücksichtslosigkeit erhaben;
Aber für uns eine ruhige Ecke
In einer Seitenstraße, eine Treppe hinunter,
Vive Bohème und *Vive La Ria* !
Wer wäre Millionär ?
Hier sind Gehirne, serviert *als Bonmot* ,
Hier gibt es Spaghetti, kochend heiß;
Hier ist eine Menge lustiger Kerle,
Sehr zufrieden mit ihrem Los.
Vielleicht, während das Fest fortschreitet,
Und der Wein fließt mit dem Witz,
Visionen kommen und ausgefallenes Flüstern
Es ist ein Palast, in dem wir sitzen.
Es ist der Palast Makkaroni,
Vor langer Zeit gebaut
Nach vielen Titeln,
Wo die Wellen des Tiber fließen.
Wie wir dorthin gekommen sind, spielt keine Rolle.
Maraschinokirsche? Ja – ein Tropfen.
Danke! ein bisschen Cognac?
Nur eine Kleinigkeit obendrein.
Und der Palast am Tiber,
Wo wir heute Abend im Staat speisen,

Hier war es Graf Makkaroni
Er traf sein herzzerreißendstes Schicksal.
Es war , als Rom in Gärung war,
Wie sie es manchmal war –
Seltsam, wie schwarz diese antike Stadt ist

Ist mit unentdeckten Verbrechen –
Dann waren es die Makkaroni
Prinzessin Gorgonzola traf –
Ja, ich glaube, dein Gesicht ist wie sie,
Jenseits dieser Zigarette gesehen.
Gorgonzola, sie war bezaubernd,
Schwarzäugiges Mädchen, reif für den Fall
In den Armen der Liebe, wenn Mutter
Lass sie über ihren Ruf hinauskommen.
Makkaroni, Gorgonzola,
Sie waren so ein hübsches Paar
Das beim Spaziergang am Tiber
E'en die Bootsleute mussten starren.
Na, wo bin ich? Im La Rias?
NEIN; Der heilige Petrus weiß, dass ich es nicht bin.
Nur noch ein Schluck Cognac?
Danke – es ist genau an der richtigen Stelle angekommen.
Nun, der Graf und Gorgonzola
Von einem Bösewicht verfolgt,
Prinz Spaghetti war sein Titel –
Spross einer bösen Brut.
Prinz Spaghetti liebte die Jungfrau
Auf seltsame und böse Weise,
Und er hat diese Makkaroni geschworen
Muss dem Tageslicht entsagen.
So mischte er ein starkes Gift
In einem Glas Rubinwein –
Ja, ich werde noch ein Perfecto anzünden –
Gott, ich glaube, die Erde gehört mir!

Noch ein kleiner Schluck Cognac?
Danke, ich kann dir nicht nein sagen;
Nun – wo war ich? Ach, Spaghetti
Makkaroni wollte töten.
Habe ich ihn getötet? Sag, meine Schöne,
Du mit Gorgonzola-Augen,
Habe ich ihn das Gift trinken lassen?
Antwort: Du, der der Preis warst.
Nun, die Geschichte ist fast zu Ende –
Seltsam, dass ich heute Nacht leben sollte,
Essen Sie mit Ihnen im La Ria's.
Danke! Der Cognac ist außer Sicht."

Ein Freudenschrei belohnte die Bemühungen des Dichters; und er setzte sich lächelnd wieder hin, während das dunkeläugige Mädchen an seinem Tisch – das übrigens seit jeher den Namen „Gorgonzola" trug – ihr Likörglas erhob und dankbar auf das Genie trank, das getan hatte, was *er* konnte um ihre Schönheit zu verewigen.

Es wurde schon spät, und die fröhlichen Gäste begannen sich zu zerstreuen. Fenton war mit einem englischen Zeitungskorrespondenten zu seiner Linken in eine Diskussion über die Einheitssteuertheorie vertieft, als Richard mit Bedauern bemerkte, dass seine Geliebte und ihre Freunde, die Künstler, aufgestanden waren, um zu gehen. Es war Zeit für entschlossenes Handeln; und impulsiv kramte er in seinem Kartenetui herum, fand seinen Bleistift gerade noch rechtzeitig, um seine Adresse auf eine seiner Klebetafeln zu schreiben, und hatte wieder eine würdevolle Haltung eingenommen, bevor die fröhliche Gruppe auf dem Weg zum Eingang seinen Tisch erreicht hatte . Als das Mädchen an ihm vorbeiging und mit ihren tanzenden schwarzen Augen auf ihn herablächelte, reichte er ihr die Karte. Im Nu war alles vorbei und Richard war praktisch allein. Das Zimmer schien nach ihrem Weggang völlig verlassen zu sein.

„Nun, junge Lichtliebe", bemerkte Fenton, als sie nach Hause schlenderten, „hattest du einen angenehmen Abend?"

„Entzückend, John", antwortete der Jugendliche. Dann sagte er ernst:

„John, ab welchem Alter ist es Ihrer Meinung nach für einen Mann möglich, sich ehrlich und gründlich zu verlieben?"

„Erst wenn er vierzig ist, mein Junge", antwortete Fenton ernst. „Nehmen Sie sich selbst oder andere nicht zu ernst, Richard, bis Sie das mittlere Leben erreicht haben."

„Das ist nicht die Lehre, die Sie mir vor einigen Monaten gepredigt haben, John Fenton", sagte Richard nachdenklich.

„Ich kenne Sie jetzt besser, mein Lieber", erwiderte Fenton und fügte hinzu: „Und mich selbst auch."

Kapitel XVII.

DASS sich John Fenton in einer besonderen Gemütsverfassung befand, wurde durch die Tatsache hinreichend bewiesen, dass der Sonntagmorgen gekommen war und er früh aufgestanden war – sehr früh, drei Stunden vor Mittag – und sich über diese Neuerung in seinen Gewohnheiten freute. Es war ein klarer, erfrischender Tag, mit der Aussicht auf Frühling in der Luft und einem salzigen Geruch in der Brise, ein öffentliches Bekenntnis, dass es das Meer geküsst hatte, als die Sonne aufging. Wie viel er der salzigen Luft für die Lebhaftigkeit verdankt, die in ihm steckt, wird dem durchschnittlichen New Yorker selten bewusst. Manhattan Island ist ein natürlicher Kurort. Dass viele seiner Bewohner verkümmern und vorzeitig sterben, ist nicht die Schuld der Natur, sondern des Menschen.

John Fenton schritt nach dem Frühstück die Avenue entlang, zu dieser frühen Stunde einer der am besten gekleideten Männer im Ausland. Die letzten Monate hatten eine große Veränderung in seinem äußeren Erscheinungsbild bewirkt. Zu seiner Überraschung stellte er fest, dass er durch den Verzicht auf alkoholische Exzesse nicht nur an nervöser Energie gewonnen hatte, sondern auch eine große finanzielle Ernte eingefahren hatte. Um seine Jugend auf mehr als eine Weise zu erneuern, hatte er das Geld seines Schneiders aufgewendet, das unter seinen früheren Lebensgewohnheiten den wachsenden Überschuss eines Saloons angehäuft hätte. Er war früher für seinen guten Kleidungsgeschmack bekannt gewesen, und seine jahrelange Nachlässigkeit hatte seine natürliche Fähigkeit, Kleidung auszuwählen, die gleichzeitig modisch und ansprechend war, nicht zerstört.

Mit einem glattrasierten Gesicht, einem Leuchten auf den Wangen und dem Licht körperlicher Zufriedenheit in seinen Augen sah John Fenton geradezu gutaussehend aus, als er Richard Stoughtons Zimmer betrat und seinen jungen Freund en negligé vorfand, der eine Pfeife rauchte *und* las , mit einem Gefühl der Selbstzufriedenheit, dass weder das Alter verwelken noch die Gewohnheiten abgestanden sein können, sein Werk vom Vortag, wie es in der Morgenausgabe der *Posaune gedruckt erschien* .

„Was sehe ich vor mir?" rief Richard, sprang auf und reichte seinem Gast die Hand. „Von welchem Fleisch ernährt sich dieser, unser Cäsar , dass er vor Mittag aufsteht und hinausgeht?"

Fenton setzte sich und zündete sich eine Zigarre an.

„Weißt du, mein Junge", bemerkte er ruhig, „ich habe die Nacht in schlafloser Nachtwache verbracht und über den Fehler deines Verhaltens nachgedacht. Ich bin zu der Überzeugung gelangt, dass es unbedingt erforderlich ist, dass Ihnen ein Gegenmittel gegen das Gift der letzten Nacht verabreicht wird."

„Ich gebe zu, dass ich zu viel geraucht habe", erwiderte Richard mit düsterer Stimme; „Aber ich habe heute Morgen mehrere Tassen Kaffee getrunken und fühle mich viel besser."

„Flinker Junge! Hast du keine Ehrfurcht vor deinem Make-up? Ich bezog mich nicht auf die Zigarren, sondern auf das *Gesamtensemble* . "

„Ist das ihr Name, John? Es ist seltsam, das müssen Sie zugeben. Aber mal im Ernst: Worauf zielen Sie ab? Hier sind Sie um zehn Uhr am Sonntagmorgen – eine Stunde, in der Sie, wie Sie mir erzählt haben, jahrelang tief und fest geschlafen haben – im Ausland, mit äußerster Sorgfalt gekleidet, und halten kostenlose Predigten für Ihre Freunde. Ich gebe zu, dass es hier ein Rätsel gibt, das ich nicht lösen kann."

„Es ist ganz einfach, Richard. Ich habe eine wichtige Entscheidung getroffen und bin dabei, einen Schritt zu tun, bei dem ich Ihre Begleitung und Ihr Mitgefühl möchte."

In Fentons Verhalten lag eine Feierlichkeit, die dazu führte, dass Richard ihn mit einer Mischung aus Neugier und Überraschung ansah.

„Natürlich, John, ich werde dir jede Hilfe geben, die ich kann. Aber ehrlich gesagt, was werden Sie jetzt tun?"

Fenton schnaufte einen Moment lang schweigend und blickte seinen Begleiter ernst an.

„Was soll ich tun, Richard? Ich gehe zur Kirche."

Richard lachte fröhlich.

„Und Sie wollen meine Unterstützung und Unterstützung bei diesem heroischen Ziel? Nun, John, ich sehe keinen Grund, warum ich von Ihrem exzentrischen, aber lobenswerten Design abraten sollte. Wenn Sie sich ein paar Augenblicke mit den Papieren amüsieren, werde ich ein Gewand anziehen, das eher andächtigen Charakter hat als diese alte Smokingjacke. Mit John Fenton in die Kirche gehen! Das ist ein Privileg, von dem ich nie gehofft hatte, es zu gewinnen. Aber ich habe jede Hoffnung aufgegeben, dich zu verstehen, John. Du bist ein Rätsel, das ich nicht lösen kann."

Mit diesen Worten betrat Richard ein inneres Zimmer und ließ John Fenton zurück, um an seiner Zigarre zu ziehen und gleichgültig die Zeitungen zu überfliegen. Es kommt selten vor, dass ein echter Journalist in der neuesten Ausgabe der Zeitung, mit der er in Verbindung steht, keine Beschäftigung oder gar Aufregung findet; aber aus irgendeinem Grund war Fenton nicht in der Stimmung, sein übliches berufliches Interesse an der sonntäglichen

Aufführung der Posaune zu wecken , und als Richard ins Zimmer zurückkehrte , fand er seinen Freund am Fenster stehen und verträumt ins Zimmer starren Straße.

Eine Viertelstunde später saßen die beiden Freunde in einer der hinteren Kirchenbänke einer Kirche, die mit den Anforderungen Schritt gehalten hatte, die die moderne Liebe zum Luxus an die äußeren und sichtbaren Zeichen eines inneren und spirituellen Kultes stellt. Ein Agnostiker, sogar ein Atheist, hätte in einer solchen Umgebung eine ehrfurchtsvolle Ehrfurcht verspürt, eine Neigung, etwas anzubeten, wenn es nichts anderes als die Schönheit der Inneneinrichtung als abstrakten Einfluss oder den konkreten Ruhm gut gekleideter Frauen gewesen wäre. In einer Kirche gibt es für alle Männer etwas, das die ästhetischen Freuden, die Auge und Ohr schmecken können, nicht missbilligt .

Als sie bei den Eröffnungsworten des Gottesdienstes aufstanden: „Der Herr ist in seinem heiligen Tempel, möge die ganze Erde vor ihm schweigen", folgte Richards Blick dem von Fenton, und ein neues Licht erleuchtete seinen Geist. Sein Freund war nicht so unerklärlich exzentrisch, wie er gedacht hatte. Ungefähr auf halbem Weg zwischen ihnen und dem Altar und in einem Winkel, der sie von ihrem Standpunkt aus gut sichtbar machte, sah Richard Gertrude Van Vleck , eine auffällige Figur selbst in dieser Versammlung modischer Damen. Er drehte sich sofort um und blickte Fenton in die Augen. Er konnte ein Lächeln nicht unterdrücken, das dem Letzteren, dessen Gesicht einen Ausdruck gemischter Zufriedenheit und Verärgerung zeigte, seine Bedeutung deutlich machte, als er sich niederkniete, um sich dem allgemeinen Geständnis anzuschließen. Seine Genugtuung entstand aus der Tatsache, dass er Gertrude Van Vleck einen ganzen Morgen lang unbeobachtet von ihr beobachten konnte. Seine Verärgerung war auf das spöttische Leuchten in Richards Blick zurückzuführen.

Während der Gottesdienst mit seinen stattlichen und eindrucksvollen Worten und Formen voranschritt, spürte Richard deutlich den Einfluss seiner Umgebung. Er war in der Atmosphäre der Kirche aufgewachsen, und unter ihrer Liebkosung wurden die höchsten Träume und Sehnsüchte seiner frühen Jugend wiederbelebt. Schon bald hatte er John Fenton und Gertrude Van Vleck vergessen ; und während die sanften Klänge der Fastenmusik durch die parfümierte Luft klangen, erfüllte das Gesicht einer braunäugigen Frau, deren Blick traurig und tränenüberströmt war, seine Seele mit Reue. Er fühlte sich wie jemand, der ein Sakrileg begangen hatte. Der grelle Glanz, der kitschige Glanz der Nacht, die er in Böhmen verbracht hatte, kam ihm in diesem Moment erbärmlich abstoßend vor. Das dunkle Gesicht des Mädchens, das ihn für einen Moment fasziniert hatte, erzählte seine wahre Geschichte, als er sich im ruhigen und heiligen Bereich des Tempels, in dem er saß, daran erinnerte. Dass er dem entwürdigenden Einfluss, den sie damals ausgeübt hatte, nachgegeben hatte, erfüllte ihn mit Erstaunen und Unzufriedenheit.

„Was ist das für ein seltsamer Zufall?" rief er zu sich selbst, als die Worte des Briefes für den dritten Fastensonntag die Gedanken auszudrücken schienen, die ihm durch den Kopf gingen: „Seid nun Nachfolger Gottes als liebe Kinder; und wandelt in der Liebe, wie auch Christus uns geliebt hat und sich selbst für uns als Gabe und Opfer für Gott hingegeben hat zum wohlriechenden Geruch . Aber alle Unreinheit soll unter euch nicht einmal genannt werden, wie es sich für Heilige gehört; weder törichtes Reden noch Scherze, die nicht bequem sind, sondern Danke sagen. Habt keine Gemeinschaft mit den unfruchtbaren Werken der Finsternis, sondern tadelt sie. Denn es ist eine Schande, auch nur von den Dingen zu sprechen, die im Verborgenen von ihnen getan werden."

Richard Stoughton hatte ein äußerst beeinflussbares Temperament, und die Zeit hatte die Hülle, die die Seele umgibt, noch nicht verhärtet. In diesem Augenblick schien es ihm, als hätte das inspirierte Wort Gottes in diesem geweihten Tempel allein zu ihm gesprochen und ihn gewarnt, nach Höherem zu streben; um einer großen Belohnung willen die Schlammlöcher und Fallstricke auf dem vor ihm liegenden Weg zu vermeiden . Er kniete im Gebet mit einer für ihn neuen ehrfürchtigen Inbrunst nieder.

Aus dem Tagesevangelium, St. Lukas xi. 14 hatte der Rektor seinen Text übernommen: „Wer nicht für mich ist, ist gegen mich; und wer nicht mit mir sammelt, zerstreut ." Richard hörte der Predigt mit einem fast schmerzlichen Interesse zu. Der Prediger war ein Mann, der noch nicht im mittleren Lebensalter war und aufgrund seiner Beredsamkeit und Furchtlosigkeit bereits eine hohe Position erlangt hatte. In den Worten, die er vorbrachte, gab es keine prosaische Wiederholung selbstverständlicher Wahrheiten, die durch den langen Dienst auf der Kanzel ihren Einfluss verloren hatten. Er war ein Mann der Zeit; und er wandte den Glauben, der in ihm war, auf die Themen der Stunde an und brachte seine Lektion mit einer Geschicklichkeit und einem Mut nach Hause, die überaus wirkungsvoll waren. Er schien zu erkennen, dass er ein Krieger in den vordersten Reihen der militanten Kirche war, und die Schläge, die er ausführte, waren nicht halbherzig. Der Erfolg einer Predigt liegt wie der eines Scherzes im Ohr dessen, der sie hört. Richard Stoughton war in einer empfänglichen Stimmung, und die klingenden Worte des Predigers berührten Saiten in seinem Wesen, die schon lange nicht mehr vibrierten. Bei der Segnung neigte er den Kopf mit einem Gefühl neuer Ehrfurcht und Glaubens, das sowohl willkommen als auch inspirierend war.

Wann oder wie er John Fenton aus den Augen verlor, wusste er nie. Später erinnerte er sich, dass er beim Verlassen der Kirche einen flüchtigen Blick auf seinen Freund geworfen hatte, der neben Gertrude Van Vleck die Allee entlangging , aber im Moment hatte der Anblick keinen Eindruck auf ihn gemacht. Der vorherrschende Gedanke in seinem Kopf fand seinen Ausdruck in den Worten, die ihm unkontrolliert über die Lippen zu kommen schienen :

„Vergib uns unsere Verfehlungen, wie auch wir denen vergeben, die gegen uns verstoßen. Und führe uns nicht in Versuchung, sondern erlöse uns vom Bösen: Denn dein ist das Königreich und die Macht und die Herrlichkeit für immer und ewig. Amen."

Kapitel XVIII.

ES war eine kalte Nacht im frühen Frühling. Es schien, als hätte der Winter etwas vergessen und sei zurückgekehrt, um danach zu suchen. Da seine Suche vergeblich war, hatte er seine Gefühle dadurch beruhigt, dass er durch die Straßen heulte und in seiner senilen Enttäuschung die Nase der Fußgänger zwickte.

Als stimmungsvoller Crazy-Quilt ist der frühe Frühling in New York ein Erfolg. Der moderne Drang nach Abwechslung wird in der Metropole wettertechnisch vom letzten Februar bis zum ersten Juni voll und ganz befriedigt. Zwischen diesen Tagen wundert sich kein New Yorker über irgendetwas, das vom Himmel auf ihn geschleudert wird, vom Sonnenstich bis zum Schneesturm.

John Fenton hatte in seinem Kamin ein Feuer angezündet und paffte vor dem Feuer an seiner Zigarre nach dem Abendessen und beklagte sich innerlich darüber, dass er in einer Stunde im Büro der Posaune *eintreffen würde*. Er hätte den Abend lieber damit verbracht, seine allgemeinen Lebenstheorien zu revidieren, als in der überdrehten Atmosphäre einer Zeitungsredaktion unter Hochdruck Korrekturfahnen zu korrigieren.

Er hatte viel zu bedenken und eine gewichtige Entscheidung zu treffen. Er war in einer Strömung getrieben, die ihn weit in eine Richtung getragen hatte, von der er schon vor langer Zeit beschlossen hatte, sie nie wieder einzuschlagen. Ob er glücklich oder unzufrieden war, konnte er im Moment nicht sagen. Zum ersten Mal in seinem Leben war er, wie ihm völlig klar wurde, durch und durch verliebt; Doch als er ruhig über die Situation nachdachte, schien es unüberwindbare Hindernisse auf dem Weg zum Glück zu geben.

„Was bin ich schließlich, Richard?" sagte er zu seinem Freund, als Stoughton den Raum betrat und sich ruhig auf die gegenüberliegende Seite des Kamins setzte. „Ein Wrack, das geflickt wurde; ein Misserfolg, nicht ganz hoffnungslos; ein Mann, der von der Welt verurteilt wurde, mit der Empfehlung zur Gnade."

„Ich mag deine Stimmung nicht, John", bemerkte Richard, zündete sich eine Zigarette an und blies den Rauch langsam in die Luft. „Kein Spiel ist verloren, bis die Hand ausgespielt ist. Ich glaube, dass du gewinnen kannst, wenn du deinen Mut nicht verlierst. Ich hatte heute gute Nachrichten für Sie."

"NEIN? Was war es?" fragte Fenton, ohne großes Interesse zu zeigen.

„Als ich heute Morgen im Büro ankam", fuhr Richard fort, unbeeindruckt von der Kälte seines Freundes, „fand ich zwei Briefe und ein Bündel auf meinem Schreibtisch."

"Ja?"

„Einer der Briefe stammte von dem dunkeläugigen Mädchen, das ich bei La Ria gesehen habe."

Fenton lächelte, sagte aber nichts.

„Ich habe es zerrissen, John. Ich nehme an, Sie werden mich als sehr jung bezeichnen – Ihr Lieblingsvorwurf."

„Kaum, mein Junge, kaum. Du hast einfach bewiesen, dass du morgens klüger bist als abends."

„Nun, die meisten Männer sind das, nehme ich an. Daran ist nichts Exzentrisches oder Verdienstvolles. Und so viel zu „Gorgonzola". Lass sie in Frieden ruhen. Aber der andere Brief, John, war wichtiger. Es wird Sie interessieren."

"Ja?"

„Siehst du, alter Mann, ich habe dir etwas vorgetäuscht. Ich bin hierher gekommen, um zu beichten und um Vergebung zu bitten. Du erinnerst dich, dass du mir das Manuskript von „ Ephemeræ " zum Lesen gegeben hast. Nun, ich brachte es zu einem bekannten Verlag, unterdrückte den Namen des Autors und bat um eine Meinungsäußerung zu seinen Vorzügen."

Fenton klopfte mit einer genervten Geste die Asche von seiner Zigarre, sagte aber nichts.

„Bist du nicht neugierig, John?" rief Richard ungeduldig. „Interessiert es Sie nicht, das Urteil zu hören?"

Ohne auf eine Antwort zu warten , erhob sich der Junge, fummelte einen Moment in seinem Mantel herum und holte daraus eine Manuskriptrolle und einen Brief.

„Ich bin versucht, deine Gleichgültigkeit zu bestrafen, John; aber das Spiel ist die Kerze nicht wert, fürchte ich. Kein Problem mit Licht. Der Brief ist kurz. Ich kann es am Feuer lesen, wenn Sie sich dazu herablassen, zuzuhören. Der Verleger John äußert sich sehr zufrieden mit dem Buch und neigt zu der Annahme, dass es einen guten Markt finden würde. Er beanstandet jedoch den Titel und ein oder zwei kleine Details im *Dénouement* . Wenn Sie jedoch die von ihm vorgeschlagenen Änderungen vornehmen, wird er die Geschichte sofort ans Licht bringen. Abschließend weist er höflich darauf hin, dass ihm ein maschinengeschriebenes Exemplar zurückgegeben wird."

Fenton schnaufte eine Zeit lang schweigend weiter, beugte sich dann vor und nahm Richard die Manuskriptrolle aus der Hand. Er zögerte einen Moment, als wollte er sich vergewissern, dass seine Entscheidung unwiderruflich war, und warf das Bündel Papier ins Feuer. Richard sprang nach vorne, aber Fenton packte ihn am Arm und zwang ihn zurück in seinen Sitz.

„Lass es brennen, Richard. Lass es brennen. Der Veröffentlichung ist es bereits zweimal knapp entgangen. Es wird nie wieder einen geben."

„Aber bist du verrückt, John? Die Geschichte würde dich berühmt machen. Mein Himmel, Mann! es ist zu spät. Ich nenne es ein Verbrechen, John, ein Verbrechen! Hörst du?"

„Komm, komm, Richard! Werden Sie nicht hysterisch", bemerkte Fenton ruhig, während er sich in seinem Stuhl zurücklehnte und wieder seine Zigarre rauchte, um den Geruch von verbranntem Papier zu vertreiben, der den Raum erfüllte.

„Aber warum, John, hast du so etwas Leichtsinniges getan? Du bist der letzte Mann auf der Welt, der sich wie ein Kind benimmt."

Fenton schwieg einige Augenblicke und sagte dann sanft:

„Wir können nicht auf dieses Leben zurückblicken, Richard. Die Zeit ist ein unerbittlicher Tyrann. Wenn Sie versuchen, sich ihm gegenüber eine Freiheit zu nehmen, werden Sie mit Sicherheit bestraft. Was ich in meiner Jugend geschrieben habe, würde meiner Reife nicht gerecht werden – ganz gleich, was Sie, ein Verleger oder die Öffentlichkeit gegenteilig sagen würden. Eines der seltsamsten Dinge im Leben eines intellektuellen Mannes, Richard, ist, dass sich seine Ansichten über die grundlegenden Probleme der Existenz ständig ändern. Wie wir mit fünfundzwanzig über Tod und Liebe, Freundschaft und Unsterblichkeit und andere mehr oder weniger bedeutsame Dinge denken, hat, wenn überhaupt, wenig damit zu tun, wie wir diese Dinge zwanzig Jahre später betrachten. Ich weiß, dass man einem Mann mit Intelligenz kein größeres Unrecht zufügen könnte, als ihm in Druckform eine Aufzeichnung der Meinungen vorzulegen, die er vor zehn Jahren offen geäußert hat, und ihm mitzuteilen, dass es unbedingt erforderlich sei, dass er auf dieser Grundlage vor die Öffentlichkeit tritt . Tatsächlich, Richard, bin ich gegenüber diesen Chamäleons, die wir so stolz „Überzeugungen" nennen, sehr misstrauisch geworden. Lucky ist der Mann, der das mittlere Leben erreichen kann und trotzdem absolut sicher sein kann, dass zwei und zwei vier ergeben."

Richard schwieg eine Zeit lang, nachdem Fenton aufgehört hatte zu sprechen, sagte dann aber schließlich sanft:

„Ich glaube, John, dass ich durch ein Astloch genauso viel sehen kann wie die meisten Männer meines Alters, wenn meine Aufmerksamkeit auf die Punkte gelenkt wird, die mich interessieren; aber ich muss zugeben, dass ich nie damit gerechnet hätte, dass Sie die Doktrin der Unsicherheit predigen würden."

„Du verwechselst mich, Junge. Ich predige nichts!" rief Fenton aus, stand auf und blickte in der Dunkelheit auf seine Uhr. „Nichts als die glorreiche Lehre, dass harte Arbeit die einzige Befreiung von vergeblichen Befragungen ist. Gute Nacht, mein Junge. Es tut mir leid, dass ich mich beeilen muss, aber ich muss sofort ins Büro. Und du?"

„Kannst du es nicht erraten?" fragte Richard lächelnd.

„Das könnte ich, wenn ich es versuchen würde", antwortete Fenton und hielt einen Moment lang die Hand seines Freundes. „Aber ich werde es nicht versuchen. Aber bedenke, Richard, dass der Ruhm eines Verzichts in der Stärke der Versuchung liegt."

„Ich dachte, John, dass du keine Überzeugungen hättest!" rief Richard spitz aus.

„Du irrst dich, Junge", erwiderte Fenton mit einem Hauch seines alten Zynismus. „Jeder Mann hat einen großen Vorrat davon – um ihn seinen Freunden anzubieten. Gute Nacht."

KAPITEL XIX.

„SIE sind sehr rücksichtsvoll, Mr. Stoughton", bemerkte Mrs. Percy-Bartlett sanft, während sie sich auf dem Klavierhocker herumdrehte und Richard direkt ins Gesicht sah.

„Ich habe einen Satz abgewogen, den John Fenton gerade geäußert hat — einer dieser eindringlichen Sätze von ihm, die nicht in den Hintergrund treten, wenn sie einmal in den Sinn gekommen sind."

„Er muss ein Mann von besonderer Macht sein, dieser John Fenton", bemerkte Mrs. Percy-Bartlett nachdenklich. „Ich habe ihn in letzter Zeit oft zitiert hören."

„Von Gertrude Van Vleck ?" fragte Richard mit einer impulsiven Zurschaustellung schlechten Geschmacks.

Mrs. Percy-Bartlett runzelte die Stirn.

„Ich bin erstaunt, Mr. Stoughton! Ihre Frage ist einfach schockierend. Aber sagen Sie mir ", fuhr sie fort, beugte sich vor und sah ihn neugierig an, „glauben Sie wirklich, dass Mr. Fenton an Gertrude interessiert ist?"

"Ich bin erstaunt!" rief Richard. „Ihre Frage ist einfach schockierend, Mrs. Percy-Bartlett."

Ihre Blicke trafen sich und sie lachten fröhlich. Sie waren beide im Moment sehr glücklich. Die Liebesbeziehungen anderer Menschen können manchmal ein sehr wirksames Gegenmittel sein und eine Krise hinauszögern, die eine platonische Freundschaft leicht mit sich bringt, wenn eine junge verheiratete Frau und ein leidenschaftlicher Jugendlicher sie als Deckmantel benutzen, um ihre Gefühle zu verbergen.

„In mancher Hinsicht", bemerkte Frau Percy-Bartlett nachdenklich, „wäre es eine ideale Verbindung."

„Wenn es solche gibt", warf Richard nachdenklich ein.

„Das klingt nach dem Zynismus Ihres Freundes Mr. Fenton. Ich hoffe, Herr Stoughton, dass Sie Ihre Ideale nicht verlieren."

„Im Gegenteil", sagte Richard ernst, „ich finde neue."

„Darf ich fragen, wo?" sie murmelte, ein wehmütiger Ausdruck in ihren braunen Augen.

„Das Höchste von allen habe ich in diesem kleinen Musikzimmer gefunden", sagte er mit ernsterem Ton als zuvor. „Welches Ideal ist so schön wie das,

das die Grundlage unserer Freundschaft bildet? Stimmt es nicht, dass der Altar, auf dem wir das härteste Opfer bringen, in unseren Augen der heiligste ist? Ich mochte tausend Jahre leben, aber wenn die Erinnerung ihrer schweren Aufgabe überdrüssig wurde, wandte sie sich immer noch liebevoll der Szene vor mir zu, und ich sah mich in der Vorstellung eines Jünglings mit einem Ideal – einem Ideal, das seine Lippen versiegelte – und brach ihm das Herz."

Er war ganz blass geworden, und seine Worte schienen ihm durch einen geheimnisvollen und unwiderstehlichen Einfluss entzogen worden zu sein, den er weder erkennen noch kontrollieren konnte.

Die Augen der Frau waren schwer von unvergossenen Tränen. Während er mit leiser, lebhafter Stimme weitersprach, hatte sie gespürt, wie das Blut ihr ins Gesicht schoss, dann wieder zurückwich und ihre Wangen weiß und schlaff zurückließen. Ihre Hände zitterten, als sie sich umdrehte und ein paar schwankende, melancholische Akkorde auf dem Klavier anschlug.

Richard war aufgestanden und blickte auf sie herab, sein Gesicht war gealtert, als hätte ihm das Leben ein mächtiges Geheimnis in seine unwilligen Ohren geflüstert und den ursprünglichen Glanz seiner Jugend verdorben.

Eine Zeit lang sprach keiner von ihnen . Schließlich sagte er: –

„Ich hatte angefangen, Ihnen etwas zu zitieren, was Fenton gesagt hat. Möchtest du es hören?"

Seine Stimme klang fast hart, weil er sich Mühe gab, ihr Zittern zu unterdrücken.

„Ja", murmelte sie und sah zu ihm auf. In ihren Augen lag ein stummer Appell, ein unausgesprochenes Gebet an sein edleres Selbst.

„,Der Ruhm eines Verzichts', sagte mein Freund, ,liegt in der Stärke der Versuchung.'"

Sie legte ihre kalte, zitternde Hand auf seine und ihre Blicke trafen sich.

„Bitte geh", flüsterte sie. „Wenn du dich überhaupt um mich kümmerst, wirst du tun, was ich verlange."

Sie zog ihre Hand zurück und Richard wandte sich ab, als sei er entschlossen, ihrer Bitte nachzukommen. Für einen Moment erkannte er sich selbst in seinem wahren Charakter: einen leicht zu beeinflussenden, ungestümen Mann, unerfahren in den Gepflogenheiten der Welt und leicht von seiner Umgebung beeinflusst. Er stellte sich vor, wie er einem dunkeläugigen Mädchen in einem unkonventionellen Restaurant bedeutungsvolle Blicke zuwarf. Dann kehrten für einen Moment die Reue und der Selbsthass zurück, die ihn überkommen hatten, als er betend in den düsteren Schatten einer

Kirchenbank kniete, und er verspürte das unwiderstehliche Verlangen, zu seiner eigenen Zufriedenheit zu beweisen, dass er höhere Ziele verfolgte die ihn später beherrscht hatten, waren keine bloß flüchtigen Einbildungen. Er drehte sich um und setzte sich wieder auf den Stuhl neben ihr.

„Verzeihen Sie mir, was ich gesagt habe", flehte er mit leiser und fester Stimme. „Ich wage es nicht, dich jetzt zu verlassen. Es wird mich wahnsinnig machen, darüber nachzudenken, dass ich dir gegenüber unfreundlich gewesen bin. Ich war sehr egoistisch. Gib mir noch mindestens eine Chance zu beweisen, dass ich dein Freund sein kann."

Sie lächelte traurig, und als sie sich dem Instrument zuwandte, spielte sie leise den Refrain von Heines melancholischem Lied.

Die Ohnmacht der Sehnsucht und die Sinnlosigkeit der Rebellion wurden in Richards ruhelosem Geist deutlich, als er sich an die Worte des Gedichts erinnerte, das sie vertont hatte. Was nutzte es, dass die Kiefer sich nach der Palme sehnte? Der unerbittliche Befehl eines Universums, das von ebenso erbarmungslosen wie unveränderlichen Gesetzen beherrscht wird, hatte beschlossen, dass seine Liebe nur in Träumen Befriedigung finden sollte.

Sie drehte sich um und sah ihn erneut an. Ihr Gesicht war blass und unter ihren Augen waren Schatten, aber in ihrem Lächeln war ein Sonnenstrahl.

„Warum kannst du nicht zufrieden sein?" fragte sie sanft. „Freut es dich nicht, ab und zu einen Abend mit mir zu verbringen?"

„Du brauchst nicht zu fragen", murmelte er.

„Aber wissen Sie, dass das alles enden würde, wenn – wenn" –

"Wenn?"

„Wenn du immer so rücksichtslos wärst wie heute Abend."

„Wie schwer ist es, in dieser Welt Gerechtigkeit zu erlangen", rief er mit einem schwachen Lächeln auf den Lippen. „Wie gut weiß ich, dass ich keineswegs leichtsinnig war, sondern die größte Selbstbeherrschung an den Tag gelegt habe. Wissen Sie – bitte wenden Sie Ihre Augen nicht ab – wissen Sie, welcher Versuchung ich heute Abend widerstanden habe? Stimmt es nicht, dass die Größe eines Sieges in der Kampfkraft des besiegten Feindes liegt? Ich wäre ein Feigling gewesen, wenn ich mich zurückgezogen hätte, als du mich darum gebeten hast. Ist es nicht besser für uns, zufrieden hier zu sitzen und über Freundschaft zu reden?"

Sie warf ihm einen abwertenden Blick zu.

„Wissen Sie", sagte sie in einem traurigen Tonfall, „dass in Ihrer Stimme und Ihrem Gesichtsausdruck manchmal ein spöttischer Unterton liegt, der mich fragen lässt, ob Sie sich selbst oder jemand anderen jemals ernst nehmen ? "

Sie hatte einen Zweifel in Worte gefasst, der in seinem Kopf noch nie zuvor symbolisiert, wenn auch oft nur vage empfunden worden war. Er schwieg einen Moment und fragte sich, ob es nur seine Jugend oder ein grundlegender Charakterfehler war, der in ihr eine Frage geweckt hatte, die in seinem eigenen Herzen eine so unwillkommene Antwort gefunden hatte. Unglücklich ist der Mensch, der in den Tiefen seiner eigenen Persönlichkeit nichts anderes findet als ein Fragezeichen.

„Bist du nicht unvernünftig?" schlug er leise vor und bemühte sich um eine Selbstrechtfertigung. „Wenn ich ernsthaft und ehrlich spreche, bittest du mich, dich zu verlassen. Wenn ich die Bedingungen, unter denen Sie mir erlauben, zu bleiben, öffentlich akzeptiere, sagen Sie, das sei ein Scherz. Ich verzweifle fast daran, jemals deine Gunst zu gewinnen."

Sie lächelte aufmunternd.

„Ich mag dich jetzt", bemerkte sie offen. „Vielleicht bin ich doch kein so mutiger Rebell, wie ich dir einmal gesagt habe."

Jemand hatte das Wohnzimmer betreten; Als sie sich zur Portière umdrehten, sahen sie Percy-Bartlett, dessen blasses Gesicht nur einen Hauch weißer als gewöhnlich war.

„Guten Abend, Stoughton", sagte er, trat vor und reichte dem jungen Mann die Hand. „Harriet, wir bitten dich um Nachsicht. Sollen wir hier rauchen oder in die Bibliothek gehen?"

Richards erster Gedanke war, sofort aufzubrechen, aber er erkannte rechtzeitig, wie peinlich ein solcher Schritt sein würde.

„Immer die Sklaven der Gewohnheit!" rief Mrs. Percy-Bartlett mit einer Lebhaftigkeit, die eher aus nervöser Reaktion als aus Befriedigung über die *Konfrontation entstand* .

„Ich habe den Gedanken, mein Musikzimmer vor Zigarrenrauch zu schützen, schon vor langer Zeit aufgegeben, Mr. Stoughton. Tatsächlich habe ich es liebgewonnen. Ich denke", und sie sah ihren Mann lächelnd, aber mit einem Glanz des Trotzes in den Augen, „dass ich Zigaretten annehmen werde." Sie sind heutzutage wirklich ganz gut in Form, nicht wahr?"

„Es ist derzeit schwer zu sagen", bemerkte Percy-Bartlett und zog nachdenklich an seiner Zigarre, „was gute Form ist und was nicht." Ich gestehe, Stoughton, dass ich in meinen Vorstellungen ziemlich altmodisch bin.“

"Zum Beispiel?" schlug Richard vor, der sich nicht ganz wohl fühlte.

„Auf meiner Zunge liegen tausend Illustrationen. Aber welchen Nutzen hat Widerstand? Die neuen Ideen – und Zigaretten sind für viele davon ein passendes Symbol – sind derzeit in ihrer anfänglichen Kraft zu stark, um dem Widerstand zu erliegen. Aber ich habe nie den Glauben an die Macht der Reaktion verloren. Wir sind zu schnell vorangekommen. Es muss bald eine Rückkehr zu den alten Gewohnheiten geben.“

Mrs. Percy-Bartlett wandte sich unruhig dem Klavier zu und schlug ein paar trotzige Akkorde auf dem Instrument an. Sie hatte Zweifel an ihrem Status als Rebellin geäußert. Ihr Mann war im richtigen Moment aufgetaucht, um diese Zweifel in den Wind zu schlagen.

Als Richard aufstand, um sich zu verabschieden, sagte Percy-Bartlett zu ihm, mit mehr Herzlichkeit, als der junge Mann innerlich fühlte, dass er es von einer solchen Quelle verdient hätte:

„Lassen Sie nicht zu, dass die Atmosphäre, in die Sie geraten, Stoughton, Sie dazu verleitet, Ihr Erstgeburtsrecht aufzugeben. Letztlich hängt die Sicherheit dieses Landes von Männern mit Geburt und Bildung ab. Sie sollten – und ich hoffe, Sie sind es – ein Konservativer der Konservativen sein. Ich möchte Sie in die Sons of the Revolution und die Society of Colonial Wars einführen . Ich bin ein Fan dieser Dinge, Stoughton – ein Mann muss eine Modeerscheinung haben, wissen Sie – und Sie sind die Art von Material, das wir uns nicht leisten können, dem Feind zu geben. Gute Nacht! Kommen Sie bald morgen in mein Büro, dann besprechen wir die Angelegenheit.“

Mrs. Percy-Bartlett reichte Richard ihre kalte Hand und sagte mit einem konventionellen Tonfall, der ihn trotz des sanften Ausdrucks in ihren Augen erschreckte:

„Und wir sehen uns bald wieder, Mr. Stoughton?“

„Danke“, sagte er, „und gute Nacht.“

Percy-Bartlett hatte sich wieder hingesetzt und nahm die letzten Züge seiner Zigarre, als seine Frau zurückkam und begann, die Notenblätter auf dem Klavier neu zu ordnen.

„Stoughton ist ein Junge, von dem ich denke, dass er mir gefallen könnte“, bemerkte Percy-Bartlett und blickte seine Frau fest an. „Aber er sieht erschöpft aus. Ich fürchte, er übertreibt es.“

„Vielleicht“, antwortete sie mit gespielter Gleichgültigkeit. „Ich nehme an, seine Arbeit ist sehr anstrengend.“

"Ja; Und das ist es, was ich an dem Jugendlichen nicht verstehen kann. Er hat eigenes Geld. Warum reist er nicht und studiert, anstatt sich an ein so gnadenloses Mühlrad wie eine Tageszeitung zu binden?“

Wie großartig ist der blinde Egoismus des Menschen! Percy-Bartlett, ein Millionär , widmete seine ganze Zeit und Nervenkraft der Vermehrung seines Reichtums, und dennoch tadelte er einen jungen Mann, der keineswegs reich war, dafür, dass er einem Lebensstil folgte, der ihm seinen Lebensunterhalt sicherte. Es ist so einfach, von unserem Nächsten zu verlangen, dass er ein ideales Dasein führt !

„Du siehst sehr blass aus, mein Lieber“, bemerkte seine Frau nach langem Schweigen, mit mehr Besorgnis in ihrer Stimme, als sie oft in seinen Ohren zu hören war.

„Mir geht es nicht besonders gut“, erwiderte er dankbar und warf seine Zigarre weg. „Ich muss mit dem Rauchen aufhören, Harriet. Der Arzt sagt, es sei unbedingt erforderlich.“

KAPITEL XX.

JOHN FENTON hatte einmal Mr. Robinson von der *Trumpet angerufen* , einen argusäugigen Redakteur. Aber Fenton war sich nicht ganz bewusst, wie forschend und weitreichend der Blick seines Vorgesetzten war. Der Chefredakteur einer New Yorker Zeitung wird von seinen Untergebenen selten in vollem Umfang geschätzt. Sie sind zu sehr mit den Methoden vertraut, mit denen er seine Wirkung erzielt, als dass sie ihm die Bewunderung entgegenbringen könnten, die die Leser seiner Zeitung für ihn empfinden. Es reicht aus, wenn der Navigator eines journalistischen Fahrzeugs den Respekt und die Loyalität seiner Besatzung erlangt. Er darf nicht damit rechnen, auf dem Vorschiff Gegenstand der Heldenverehrung zu sein. Es hängt davon ab, welches Ende des Teleskops Sie vor Ihr Auge stellen, welchen Eindruck der Mond auf Ihr Gehirn macht. Das Publikum betrachtet einen berühmten Redakteur durch das große Ende des Instruments, während seine Untergebenen ihn durch das kleine Ende betrachten. Selten und kostbar ist der Zeitungspotentat, der beide Prüfungen bestehen kann.

Der Herausgeber der „*Trompete*" , *Robinson,* war kein großer Mann – ein Geschöpf, das das Ende des Jahrhunderts in keiner Weise menschlichen Unterfangens hervorzubringen scheint –, aber er verfügte über reife Erfahrung, ein breites Spektrum an Visionen und ein ausgeprägtes Verständnis dafür Vor- und Nachteile des ihm zur Verfügung stehenden Materials. Bei der Beurteilung der Verfügbarkeit einer Neuigkeit oder der Zweckmäßigkeit einer bestimmten redaktionellen Linie arbeitete sein Verstand mit großer Schnelligkeit und Scharfsinnigkeit. Wenn es darum ging, ein endgültiges Urteil über jeden Mann zu fällen, mit dem er in Kontakt kam, war er zögerlich und konservativ. Er hatte aus Erfahrung gelernt, dass es gefährlich ist, Dr. Jekyll zu sehr zu bewundern, bis man schlüssig bewiesen hat, dass er kein Mr. Hyde ist.

Im Büro befanden sich zwei Männer, die in letzter Zeit unter Mr. Robinsons genauer Beobachtung gestanden hatten. Er beschäftigte sich eingehend mit John Fenton und Richard Stoughton und verfolgte damit ein gehegtes Ziel, das ihm schon lange am Herzen lag. Viele Umstände hatten ihn zu dem Schluss geführt, dass diese beiden Männer sich langsam aber sicher für einen Posten qualifiziert hatten, von dem keiner von ihnen jemals geträumt hatte, ihn zu besetzen.

Ein Mann geht in einem Zeitungsbüro immer auf und ab – eine Tatsache, die beweist, wie ähnlich die Welt im Großen und Ganzen einem journalistischen Heiligtum ist. In Mr. Robinsons Augen waren Fenton und Stoughton auf dem Vormarsch. Bezüglich Fenton hatte er schon lange

Zweifel. Er hatte gelernt, ihn als einen fähigen Mann zu betrachten, der jeglichen Ehrgeiz verloren hatte und dessen fragwürdige Gewohnheiten und ikonoklastische Denktendenzen ihn für eine höhere Position als die, die er bereits innehatte, ungeeignet gemacht hatten. Fentons langjähriger Dienst in der Stadtverwaltung und seine umfassende Kenntnis der Menschen und Angelegenheiten in der Metropole hatten ihn trotz seiner Kleinigkeiten und Theorien zu einem wertvollen Assistenten gemacht; Aber dass er jemals für eine höhere journalistische Leistung geeignet sein würde, hätte Mr. Robinson nie gedacht. Seit einigen Monaten hatte das scharfe Auge des leitenden Redakteurs jedoch eine große Veränderung in Fentons Verhalten und Erscheinungsbild beobachtet. Zu Mr. Robinsons großem Erstaunen stellte er fest, dass sein Untergebener dazu neigte, auf alkoholische Stimulanzien zu verzichten, dass er sehr wählerisch geworden war, was seine Kleidung anging, und dass er die Gesellschaft des jungen Stoughton zu mögen schien.

Mr. Robinson war das, was die Welt einen Selfmademan nennt. Er war, wie man so sagt, „aus der Sache herausgekommen", da er in seiner Jugend als Druckergeselle gearbeitet hatte. Es ist eine merkwürdige Tatsache, dass ein Mann, der sein Leben trotz schwerer Hindernisse zum Erfolg geführt hat, niemals eine gewisse unbestimmte Bewunderung für einen Mann zerstören kann, der, da er zu Reichtum, Stellung und Muße geboren wurde, seine Vorteile achtlos verspielt hat und gefallen ist aus seinem hohen Besitz. Die Tatsache, dass Fenton genau die Dinge, nach denen Robinson sein ganzes Leben lang gestrebt hatte, als nutzloses Spielzeug aufgegeben hatte, verschaffte dem Stadtredakteur – wie Fenton zu dieser Zeit war – in den Augen seines Chefs eine einzigartige Stellung. Im Grunde seines Herzens hielt er Fenton für ein Wesen, das ihm selbst überlegen war; und es war dieses Gefühl, das seinem Verhalten im Umgang mit seinen Untergebenen oft eine Schroffheit verlieh, die nicht gerade dazu beigetragen hatte, dass ihre Beziehungen sehr herzlich waren. Aber die Herzlichkeit zwischen den Leitern der verschiedenen Abteilungen einer großstädtischen Tageszeitung ist ein ebenso seltenes wie kostbares Juwel. Unten im Drucksaal wird einem nachdenklichen Mann eine großartige Anschauungsstunde präsentiert. Hier gibt es eine riesige Menge an Maschinen, deren unbedeutendster Teil dazu verpflichtet ist, in perfekter Verbindung mit allen anderen Teilen, ob klein oder groß, zu arbeiten. Durch die ständige Anwendung von Öl wird Reibung verhindert und die gigantischen Pressen erfüllen ihre Aufgabe auf eine Art und Weise, die zeigt, welch enorme Ergebnisse mit einer komplizierten Maschine erzielt werden können, wenn die absolute Sympathie zwischen allen unterschiedlichen Merkmalen gewahrt bleibt.

Wie anders funktioniert die große Gehirnmaschine über der Treppe! Hier reibt sich der Mensch gegen den anderen, Eifersucht, Unzufriedenheit und Günstlingswirtschaft tun ihr Möglichstes, um die Maschinerie zu verstopfen;

und je mehr man über das Innenleben einer Zeitungsredaktion weiß, desto mehr wächst das Staunen darüber, dass die Zeitung von heute dem höchsten journalistischen Ideal so nahe kommt. Liebe Leserin, lieber Leser, vielleicht finden Sie in dem, was in Ihrem Lieblingsjournal steht, Fehler, aber der typografische Aufbau ist immer perfekt. Denken Sie daran, dass die Gehirnmaschine, die die von ihr präsentierten Ideen hervorbringt, unter den Hindernissen arbeitet, die die arme, schwache und irrende menschliche Natur hervorbringt, während die Motoren, die sich mit der materialistischen Beschaffenheit des Papiers befassen, weder von Eifersucht noch von Eifersucht beeinflusst werden herzbrennend, weder aus Rache noch aus Bosheit. Wenn die Harmonie, die in der Arbeit des Pressesaals vorherrscht, die Redaktionen beherrschen könnte, wäre eine ideale Zeitung das Ergebnis – ein Ergebnis, das erst erreicht werden wird, wenn das Jahrtausend seine erhebende Arbeit getan hat.

Es ist durchaus möglich, dass Mr. Robinson nicht ganz zufrieden mit dem Fortschritt war, den John Fenton in seinem äußeren Auftreten und in seiner Position und seinem Einfluss auf die *Posaune gemacht hatte* . Eine der Hauptaufgaben eines Chefredakteurs einer großen Zeitung besteht darin, seinen Geist für mögliche Konkurrenten wach zu halten. Dass Fenton in den letzten Monaten zu einem sehr wichtigen Faktor im Büro geworden war, war selbst dem unbedeutendsten Reporter klar; und für Mr. Robinson schien es unerlässlich, den Aufstieg eines möglichen Konkurrenten zu verhindern. Aber harter Stahl oder kaltes Gift stehen heutzutage nicht zur Verfügung, um einen Mann zu beseitigen, der uns im Weg steht. In einem Zeitungsbüro gibt es jedoch Waffen, die ihren Platz einnehmen. Das eine ist Beförderung, das andere ist das Exil. Im Fall von John Fenton hatte Herr Robinson nach reiflicher Überlegung beschlossen, beides zu kombinieren.

„Ich habe nach Ihnen geschickt, Mr. Fenton", bemerkte der Redakteur, lächelte herzlich, drehte sich in seinem Stuhl um und bedeutete seinem Untergebenen, Platz zu nehmen, „um eine ziemlich wichtige Angelegenheit zu besprechen."

„ *Timeo Danaos, et dona ferentes* ", murmelte Fenton vor sich hin, während er sich einen Stuhl heranzog und seinen Chef fragend ansah.

„Entschuldigen Sie, ich habe Ihre Bemerkung nicht verstanden?" und Mr. Robinson sah Fenton misstrauisch an.

„‚Ich stehe zu Ihren Diensten, Mr. Robinson', sagte ich", antwortete Fenton lächelnd.

„Ah, sehr gut von dir! Nun sagen Sie mir, Mr. Fenton, was halten Sie vom jungen Stoughton? Sie haben doch schon viel von ihm gesehen, nicht wahr?"

"Ja; er ist ein sehr kluger Junge. Ich mag ihn überaus gern."

„Sie finden ihn durchaus gesellig?"

„Extrem", antwortete Fenton und fragte sich, worauf der Redakteur hinauswollte. Herr Robinson verschwendete am Nachmittag keine Zeit mit unwichtigem Klatsch.

„Und nun, Mr. Fenton", fuhr Robinson fort und legte nach einer Angewohnheit, die zu seinen eher machiavellistischen Stimmungen gehörte, die Fingerspitzen zusammen, „wie lange ist es her, seit Sie auf der anderen Seite waren?"

„Fünfzehn Jahre, glaube ich", antwortete Fenton nachdenklich. „Ich habe zwei Jahre in London und auf dem Kontinent verbracht, bevor ich mich der Zeitungsarbeit widmete."

"Summen! Sehr gut. Tatsache ist, Herr Fenton, dass ich schon seit langem einen Plan im Kopf habe, wie wir unseren Auslandsdienst erheblich verbessern könnten. Stilson hat, wie Sie wissen, sein Londoner Büro verlassen. Meine Idee ist folgende: Ich bin sehr zufrieden mit der Arbeit des jungen Stoughton als Paragraf. Er ist sehr prägnant und sein Stil hat wirklich für Furore gesorgt. Nun, es gibt keinen Mann in seinem Beruf, der eine künstlerischere Sicht auf Nachrichten hat als Sie, Mr. Fenton. Darüber hinaus sind Ihre Bekanntschaften mit Männern und Angelegenheiten weitreichend , und ich würde sagen, international. Mir scheint, wenn Sie das Londoner Büro mit Stoughton als Ihrem Assistenten übernehmen würden, könnten wir aus einem Nachrichtenbereich, in dem wir in den letzten Jahren ziemlich schwach waren, eine großartige Reportage machen. Hast du meine Idee verstanden? Sie sollen das Spiel schießen und Stoughton soll es für den Tisch vorbereiten. Ich brauche Ihnen natürlich nicht zu sagen, dass Ihr Gehalt in London viel höher sein wird als hier, und dass die Arbeit viel einfacher und von einem Charakter her sein wird, der Ihrem Geschmack besser entspricht, Mr. Fenton."

John Fentons Gedanken waren sehr beschäftigt, während Mr. Robinson sprach. Drei Monate zuvor hätte er keinen Moment gezögert, den Vorschlag des Herausgebers anzunehmen. Er war sich jetzt nicht sicher, ob es keine Lösung für ein Problem bot, für dessen Lösung er noch nicht die nötige Geisteskraft hatte. Aber Fenton war kein Mann, der etwas überstürzt tat – es sei denn, er verliebte sich. Er sah Mr. Robinson einen Moment lang schweigend an und sagte dann:

„Vieles an dem, was Sie gesagt haben, ist für mich sehr zufriedenstellend, Mr. Robinson. Aber ich bin ein langsamer, eher konservativer Mann und komme selten in Eile zu einem Schluss. Könnte ich ein oder zwei Tage Zeit haben, um diese Angelegenheit abzuwägen?"

„Oh, sicherlich, sicherlich", antwortete der Herausgeber, nicht ganz zufrieden mit der Position, die Fenton eingenommen hatte. „Geben Sie mir Ihre Antwort übermorgen. Das wird damals genauso gut gehen wie heute."

Fenton stand auf, um zu gehen.

„Und was ist mit Stoughton?" er hat gefragt.

Herr Robinson saß eine Zeit lang schweigend da. Schließlich sagte er: —

„Ich überlasse ihn Ihnen, Mr. Fenton. Besprechen Sie die Angelegenheit mit ihm und bringen Sie ihn mit, wenn Sie am Montag zu mir kommen. Guten Tag."

Fenton kehrte in einer aufgeregteren Stimmung an seinen Schreibtisch zurück, als er je erwartet hätte. Wenn ein Mann seine Jugend erneuert, kann die Verjüngung viele Überraschungen mit sich bringen. Dass es für ihn einen wichtigen Unterschied machen sollte, ob er in New York oder London lebte, war für John Fenton eine erstaunliche Tatsache. Es war eine unangenehme Wahrheit, die ihn in gewisser Weise zu einer Entscheidung zwang, der er schon lange aus dem Weg gegangen war. Die Frage, die ihn beschäftigte, war, ob er den Gedanken, Gertrude Van Vleck zu seiner Frau zu machen, aufgeben sollte oder nicht .

Und Mr. Robinson, der trübsinnig aus dem Fenster in seinem Zimmer oben blickte, dachte, John Fentons Zögern sei auf Ehrgeiz zurückzuführen.

KAPITEL XXI.

„WENN wir gehen, Richard, brennen wir unsere Brücken hinter uns nieder."

So sagte John Fenton, während er ruhelos im Zimmer auf und ab ging, nervös eine Pfeife paffte, sein Gesicht blasser als sonst und ein Glanz in seinen Augen, der darauf hindeutete, dass sein Geist gestört war.

Stoughton saß in einem von Fentons Sesseln und blickte seinen Freund fragend an. Es war der Abend des Tages, an dem Fenton Mr. Robinsons Vorschlag angehört und Richard zu einem Kriegsrat in seine Zimmer gerufen hatte.

„Ich bin völlig davon überzeugt", fuhr Fenton fort, „dass das Beste, was Ihnen derzeit passieren könnte, Richard, eine längere Abwesenheit von New York wäre." Was mich betrifft, bin ich mir nicht sicher, ob dieser Londoner Plan mich nicht davor bewahren würde, mich lächerlich zu machen. Aber"-

„Aber", warf Richard feierlich ein, „du liebst Gertrude Van Vleck . " Das „aber" ist sehr wichtig. Warum solltest du sie aufgeben? Natürlich, John, es gibt mehrere Gründe, warum ich einen Vorteil darin sehe, als Ihr Assistent nach London zu gehen. Aber ich bin durchaus bereit, auf all das zu verzichten, wenn du deine unvernünftigen Skrupel über Bord wirfst und das Gute nimmst, das die Götter bieten."

Fenton setzte sich und paffte nachdenklich an seiner Pfeife.

„Es gibt eine vulgäre Behauptung", bemerkte er schließlich, „die uns zeigt, wie schwer es ist, einem alten Hund neue Tricks beizubringen." Ich gebe zu, Richard, dass das, was Sie sagen, wahr ist , ich meine Ihre Prämissen, aber ich kann Ihre Schlussfolgerung nicht akzeptieren. Hören Sie mir einen Moment zu und unterbrechen Sie mich nicht. Ich gebe zu, dass ich Gertrude Van Vleck gerne zu meiner Frau machen würde, aber lassen Sie uns die Angelegenheit aus allen Blickwinkeln betrachten. Erstens habe ich keine Ahnung, dass sie mich mehr schätzt als andere Männer. Ich bin gegenüber meinen eigenen Eindrücken in einer solchen Angelegenheit misstrauisch geworden, Richard. Ihre Herzlichkeit mir gegenüber kann alles oder nichts bedeuten. Aber das ist schließlich nicht der entscheidende Punkt. Tatsache ist, mein Junge, dass ich kein Recht habe, sie zu umwerben. Zum einen habe ich mein Leben gescheitert. Darüber hinaus bin ich seit einigen Jahren ein entschiedener Gegner der Institutionen, die sie mit Reichtum und Luxus umgeben haben. Ich bin bereit zuzugeben, dass ich kein so aggressiver Radikaler bin wie vor einiger Zeit, aber das ändert nichts an der Tatsache, dass ich seit langem ein entschiedener Gegner der Timokratie bin."

„Timokratie?" rief Richard aus. „Das Wort kommt mir bekannt vor, aber mein Griechisch ist eingerostet. Was bedeutet das, John?"

Fenton sah seinen Freund misstrauisch an. Einen Moment lang hatte er das Gefühl, dass Richard ihn lächerlich machte. Aber der ernste Gesichtsausdruck des Jugendlichen beruhigte ihn.

„Du erinnerst dich, Richard, in der Timokratie wurde der soziale und politische Status eines Mannes anhand der Getreidemenge festgelegt, die er besaß. Wir haben in diesem Land tatsächlich eine Timokratie, wenn auch nicht theoretisch. Man erkennt einen Mann an den *Unternehmen,* in denen er tätig ist. Aber das geht weit vom Punkt ab. Tatsache ist, Richard, dass ich in den letzten Wochen einer gewaltigen Versuchung ausgesetzt war, einer Versuchung, gegen die meine bessere Natur gekämpft hat. Was wäre, wenn ich nachgegeben hätte und, sagen wir, die Hand von Gertrude Van Vleck gewonnen hätte? Ich konnte sie nie glücklich machen. Vor zehn Jahren hätte eine solche Frau mich vielleicht zu etwas formen können, das einem idealen Ehemann nahe kam. Aber die Zeit ist tyrannisch, Richard. Es ist jetzt zu spät für mich, vom Leben den größten Segen zu verlangen, den es für einen Mann bereithält, eine gesellige Ehefrau. Ich kann das Opfer meiner Jugend, Schönheit, Intelligenz und Zuneigung auf dem Altar meiner Selbstsucht nicht annehmen. Das würde nicht gehen, Richard. Das würde überhaupt nicht gehen. Lass den Traum vergehen! Komm, Junge, hilf mir, ein Mann zu sein. Versuchen wir es mit London, Richard, und sehen wir, ob seine Nebel nicht die törichte Fata Morgana verbergen können, die unser fieberhaftes Gehirn hervorgerufen hat. Du brauchst genauso eine heldenhafte Behandlung wie ich. In gewisser Hinsicht ist Ihr Fall tatsächlich schlimmer als meiner, Richard. Wenn Sie hier bleiben , können Sie mindestens drei Menschen Leid bringen. Wenn ich bleibe, wäre das Schlimmste, was ich tun könnte, mich selbst und einen anderen unglücklich zu machen. Rein rechnerisch haben Sie die Verbannung mehr verdient als ich."

„Ich sage dir, John", rief Richard, während sein Blick liebevoll auf dem Gesicht seines Freundes ruhte, „ich sage dir, ich möchte nicht, dass du mich als wichtigen Faktor in dieser Angelegenheit ins Spiel bringst. Sie behandeln eine große Krise in Ihrem Leben mit mehr kaltblütigem Zynismus, als ich dachte. Sehen Sie nicht, dass Sie Gertrude Van Vleck möglicherweise großes Unrecht tun? Verstehen Sie nicht, dass Sie Ihre Chance auf lebenslanges Glück leichtfertig vergeuden? Was haben Ihre Jahre, Ihre Vergangenheit oder Ihre Theorien mit der Angelegenheit zu tun? Die einzige Frage, um die es in der ganzen Angelegenheit geht, ist diese: Liebt Gertrude Van Vleck Sie? Wenn sie es täte, wäre Ihr Opfer einfach eine Grausamkeit. Wenn sie es nicht tut, wäre Ihr Opfer kein Opfer. Das klingt irisch, aber es drückt meine Meinung aus.

„Entweder fürchtet er sein Schicksal zu sehr,

Oder seine Wüsten sind klein,

Das wagt es nicht, es anzufassen,

Alles gewinnen oder verlieren.‘"

Ein amüsiertes Lächeln spielte über Fentons blasses Gesicht.

„Und welche Vorgehensweise raten Sie, junger Hitzkopf?"

„Es gibt für dich nur eines zu tun, John. Gehen Sie zu Gertrude Van Vleck und sagen Sie ihr, dass Sie sie lieben. Wenn sie dich akzeptiert, ist das Problem vor uns gelöst. Wenn sie dich ablehnt, gehen wir nach London."

Fenton stand auf und setzte seinen ungeduldigen Marsch im Zimmer fort.

„Wie ungestüm die Jugend ist!" bemerkte er nach einer Weile. Dann blieb er stehen; und blickte, vor Richard stehend, feierlich auf den jungen Mann herab. „Du weißt wenig über wahre Liebe, Richard. Es basiert auf Selbstlosigkeit und bleibt sich selbst nur dann treu, wenn es seiner Grundlage würdig bleibt. Hör zu, Junge, und lerne. Wenn ich Gertrude Van Vleck einen Heiratsantrag mache und sie mich ablehnt, habe ich mit der Frau, die ich liebe, eine schmerzhafte Erfahrung gemacht. Wenn sie mich akzeptiert, wird das gleiche Ergebnis erreicht, betont; denn ich bin ihrer nicht würdig, Richard. Ich konnte sie nicht glücklich machen. Nein, nein; antworte mir nicht. Kein Mensch kann einem anderen sagen, was in einer solchen Angelegenheit der richtige Weg ist. Ich habe Ihnen mehr gestanden, als ich jemals erwartet hätte, jemandem zu verraten . Ich habe meinen Kampf gekämpft und meinen Sieg errungen."

Fenton drehte sich um und setzte sich müde. „Es war nicht einfach für mich, Richard", fuhr er nach langem Schweigen fort. „Aber lass das durchgehen. Wenn ich Ihnen wirklich am Herzen liege – und ich habe das Gefühl, dass Ihnen das so ist –, werden Sie sich nie wieder mit der Angelegenheit befassen. Ich habe meinen Traum geträumt und das Erwachen ist gekommen. Mir ist klar, dass es für mich nur einen Weg gibt, mir selbst und anderen gegenüber treu zu sein. Ich werde diesen Weg nehmen. Und jetzt, Richard, lass uns über unsere Pläne sprechen. Du warst noch nie in London?"

Richard Stoughtons Herz war schwer, als er mit Fenton über ihre Zukunft sprach. Er konnte nicht umhin, die Stärke und den edlen Charakter seines Freundes zu bewundern; Aber es schien etwas Ungesagtes zu geben, ein noch nicht vorgebrachtes Argument, das ein anderes Licht auf das Problem werfen könnte, das Fenton abgewogen und für sich selbst gelöst hatte. Aber Richard hatte in den letzten Monaten gelernt, dass in der Natur seines Begleiters eine Sturheit und ein Stolz lagen, die ab einem bestimmten Punkt Widerstand unmöglich machten.

Darüber hinaus konnte er nicht verbergen, dass er über Fentons Entscheidung erfreut war, soweit sie ihn selbst betraf. Stoughton war in seiner Sichtweise auf die meisten Themen ein durch und durch moderner Mensch, und ein paar Jahre Erfahrung und Reisen könnten seine beeinflussbare Natur leicht in seinen Tendenzen sehr weitreichend machen. Aber es gab eine angestammte Linie des Puritanismus in seinem Wesen, die immer noch einen starken Einfluss auf seine Lebensvorstellungen hatte. Was genau seine Gefühle gegenüber Mrs. Percy-Bartlett waren, wusste er kaum; aber er erkannte, dass er, wenn er ihr weiterhin auf der Grundlage der in letzter Zeit zwischen ihnen bestehenden Beziehungen begegnete, am Ende bestimmte Prinzipien aus den Augen verlieren würde, an denen er immer noch liebevoll festhielt. Er war noch altmodisch genug, um in seinen kühleren Momenten die muffigen Lehren zu respektieren, die in bestimmten Teilen Neuenglands immer noch über die Heiligkeit der Frau eines anderen Mannes gelten. Er hatte die vergleichsweise moderne Entdeckung, dass für einen Junggesellen alles rein ist, noch nicht begriffen.

Andererseits vermischte sich mit seiner Zuneigung für Mrs. Percy-Bartlett auch die Bewunderung für eine Ader der Selbstbeherrschung, von der er überzeugt war, dass sie in der Grundlage ihres Charakters existierte. Er wusste intuitiv, dass sein Verkehr mit ihr ein abruptes und unangenehmes Ende finden würde, wenn er durch Worte oder Taten bestimmte klar definierte Grenzen überschritt.

Dass Mrs. Percy-Bartlett ihren Mann nicht besonders gern hatte, war für ihn nicht durch irgendein Wort von ihr überzeugt, sondern durch das undefinierbare, aber überwältigende Zeugnis oberflächlicher Nichtigkeiten. Er konnte sich gut vorstellen, dass sie sich um ihn, Richard Stoughton, gekümmert hatte, einen Jugendlichen, der etwas in ihr Leben gebracht hatte, das ihr schon lange gefehlt hatte – vielleicht ohne allzu übermäßigen Egoismus. Doch aus welchem Blickwinkel er die Sache auch betrachtete, desto mehr erschien es ihm das Beste, wenn der Ozean eine Zeit lang zwischen ihnen wälzte. Richard Stoughton war, wie der Leser längst bemerkt hat, ein äußerst sensibler Jugendlicher gegenüber seiner Umgebung. Die

Entscheidung, zu der er gekommen war, wäre im Musikzimmer der Percy-Bartletts vielleicht nie zustande gekommen. In Fentons Salon und in der Gegenwart eines Mannes, der in Richards Augen einen großen Verzicht geleistet hatte, war es nicht so schwer, seinen höchsten Idealen gerecht zu werden.

„Und so", sagte Fenton, als er aufstand, um seinem Gast eine gute Nacht zu wünschen, „und so, Richard, sind unsere Probleme endlich gelöst." Kommen Sie am Montag um drei Uhr in mein Zimmer und wir gehen hinauf und unterhalten uns mit Mr. Robinson. Gute Nacht, mein Junge, und viel Glück. Ich habe dir viel zu danken, Richard – aber das ist jetzt egal. Gute Nacht."

KAPITEL XXII.

DIE Percy-Bartletts speisten mit Gertrude Van Vleck und ihrem Vater. Cornelius Van Vleck war ein sechzigjähriger Mann, dessen Leben den größten Teil der Pflege der Traditionen seiner Familie gewidmet hatte. Da die Van Vlecks seit dem Jahr 1636 in der Stadt bekannt waren, machte die Vielzahl dieser Traditionen, die er zu pflegen berufen war, seine Aufgabe zu keiner Pfründe.

Cornelius Van Vleck hatte allen Grund, stolz auf seine Vorfahren zu sein. Sie hatten eine Kombination aus Weitsicht und Konservatismus besessen, die ihrer Nachkommenschaft den Segen enormen Reichtums beschert hatte. Der Mann, der ein Grundbesitzer auf Manhattan Island ist, braucht niemals Not zu fürchten. Banken könnten scheitern, die Kreditwürdigkeit des Landes könnte gefährdet sein, Eisenbahnen könnten ihren Dividenden ausweichen und schwere Zeiten könnten ihren Schatten auf ein leidgeprüftes Volk werfen, aber der New Yorker Grundbesitzer steht fest hinter einem finanziellen Gibraltar. Wie kann er es verschulden, wenn seine Vorfahren sparsam und weitsichtig waren? Gebt Cäsar die Dinge, die Cäsar gehört , ihr murrenden und unruhigen Mieter, und akzeptiert die Welt, wie ihr sie vorfindet. Cornelius Van Vleck konnte es ebenso wenig verhindern, reich zu sein, wie man es vermeiden kann, arm zu sein. Wo auch immer die Schuld für die Ungleichheiten bei der Vermögensverteilung liegen mag, Cornelius Van Vleck kann sicherlich nicht dafür verantwortlich gemacht werden. Er ist genauso Opfer eines Systems wie Sie. Aber er trägt seine Last ohne Protest. Niemals in seinem langen Leben als Mann von großer finanzieller und sozialer Bedeutung hat Cornelius Van Vleck seinen Vorfahren Vorwürfe wegen der Last der Verantwortung gemacht, die sie ihm auferlegten. Er ist seiner Stellung in der Gemeinschaft mit einer fast heroischen Hingabe an seine hohen Pflichten gerecht geworden; und auch im Alter lässt er sich immer noch von dem schönen alten Motto „ *noblesse oblige" inspirieren* .

Eine der erblichen Verpflichtungen, denen er zur Ehre seiner Vorfahren und zu seiner eigenen Zufriedenheit immer nachgekommen ist, besteht darin, gut zu speisen. Cornelius Van Vleck hat den Ruf, die kunstvollsten Abendessen der Stadt zu veranstalten. Aber er wirft niemals Perlen vor die Säue. Seine Gäste müssen seines *Kochs würdig sein* . Der gastfreundliche, aber etwas gereizte alte Herr verlangt von seinen Vorstandsmitgliedern eine ebenso große Wertschätzung für die gastronomische Exzellenz der gebotenen Unterhaltung. Aus diesem Grund genießt er es immer, die Percy-Bartletts an seinem Tisch zu haben. Ob Mrs. Percy-Bartlett die zarten Lichter und Schattierungen der epikureischen Meisterwerke des Chefkochs *der Van* Vlecks voll und ganz zu schätzen weiß , war sich der Gastgeber nie ganz sicher. Aber er hat keinen Zweifel an Mr. Percy-Bartletts Fähigkeit, die feinen Details zu verstehen und sich darüber zu freuen, die der Künstler unter der Treppe so geschickt anfertigt.

„Ich habe meine Zweifel, mein Freund", sagt er zu Percy-Bartlett, während sie an ihren Zigarren ziehen und an einem Likör nippen, nachdem sich die Damen in den Salon zurückgezogen haben. „Ich habe meine Zweifel, dass eine Frau jemals eine werden kann. " bestens ausgestatteter *Genießer* am Esstisch. Ich weiß, dass es keinen Berufszweig gibt, in dem sich die neue Frau nicht kompetent fühlt, zu glänzen; Aber", und hier winkte der alte Herr Percy-Bartlett mit einer stattlichen und gastfreundlichen Geste mit seinem Likörglas zu, „aber sie haben nicht diesen feinen Geschmackssinn, diese Sensibilität für die raffiniertesten und schwer fassbaren Aromen, die wir Männer besitzen." Weißt du, es gibt einige Gerichte, die ich Gertrude überhaupt nicht essen lassen kann! Stellen Sie sich vor, Sir, eine Frau, eine intellektuelle Frau, die stolz darauf ist, ihren alten Vater mit ihren fortschrittlichen Ideen und Theorien zu schockieren, und die alle Vorteile von Reisen und Unterricht genossen hat, die sich absolut weigert, Sumpfschildkröte in irgendeiner Form zu essen. Wie, Sir, kann eine Frau von uns erwarten, dass wir ihre Gleichberechtigung anerkennen, wenn sie dreist zugibt, dass sie keine Sumpfschildkröte mag?"

Percy-Bartlett lächelte; aber seine Augen waren unruhig, sein Gesicht blass und sein Verhalten das eines Mannes, der sich bemüht, gegen seine Neigungen gesellig zu sein.

„Ich denke, Herr Van Vleck ", antwortete er, „dass Sie und ich große Sympathie für die absurden Ansprüche der Frauen von heute haben." Wissen Sie, Sir, ich bin der ganzen Sache sehr überdrüssig geworden. Unter den Frauen unserer Gruppe herrscht eine Unruhe, ein drängender, unzufriedener, roher und unweiblicher Geist, der tatsächlich eine niederschmetternde Wirkung auf mich hatte. Ich denke, dass es für die immer wiederkehrenden Blues-Anfälle verantwortlich ist, die mich in letzter Zeit so sehr geplagt haben."

Cornelius Van Vleck , dessen schwere, aber nicht unsymmetrische Gesichtszüge es an Beweglichkeit mangelten, blickte seinen Gast mit einiger Sorge in seinen bläulich-grauen Augen an.

„Du siehst nicht ganz fit aus, junger Mann, das ist eine Tatsache. Nehmen Sie etwas von dem Brandy. Das ist etwas sehr Schönes, das versichere ich Ihnen. Übrigens, warum machst du nicht eine Pause und rennst mit uns auf die andere Seite? Gertrude und ich gehen sofort rüber. Sie braucht eine Veränderung, eine große Veränderung. Mit dem Mädchen stimmt etwas nicht. Sie ist krankhaft und flatterhaft geworden, Sir. Ich kann es nicht verstehen – es sei denn, diese neuen Ideen, die im Umlauf sind, sind mir aufgefallen. Sie hat mir in letzter Zeit einige sehr peinliche Fragen gestellt, Sir, einige sehr peinliche Fragen. Ich vermute sogar, dass Gertrude einige meiner Mieter auf der East Side besucht und Almosen verteilt hat. Als ob organisierte Wohltätigkeitsorganisationen nicht ausreichen würden, um die Not in der Stadt zu lindern! Ich habe bei ihr Vorwürfe gemacht, Sir; aber was kann man heute mit einer Frau machen? Wessen Autorität respektieren sie, Sir? Die eines Vaters ? eines Mannes?"

Percy-Bartlett nippte nervös an seinem Brandy, während seine blassen Wangen leicht gerötet waren.

„Ich habe vollkommenes Mitgefühl mit Ihnen, Herr Van Vleck . Wir sind fast machtlos, diesem rebellischen Geist Einhalt zu gebieten. Es gibt natürlich eine Grenze für den Protest, die ein Gentleman nicht überschreiten kann. Das ist mir völlig klar. Es gab in letzter Zeit viele Dinge, die uns beunruhigten; Ich meine, wir, die wir an den alten Ideen und den besten Traditionen unserer Gesellschaft festhalten. Und wissen Sie, ich mache die Zeitungen für einen Großteil des Schadens verantwortlich, der angerichtet wurde."

„Du hast recht, Percy-Bartlett! du hast Recht!" rief sein Gastgeber lebhafter als sonst. „Es gab einige unter uns, die sich tatsächlich nach Berühmtheit sehnten. Es war schockierend – schockierend! Ich weiß wirklich nicht, worauf wir hinaus wollen. Wissen Sie, ich habe gestern Abend eine kleine Dinnerparty gegeben , zwölf am Tisch, wissen Sie, und, glauben Sie mir, ein Reporter kam ins Haus und fragte nach einer Liste meiner Gäste. Das ist ein Strohhalm, der zeigt, aus welcher Richtung der Wind weht. Als ich jung war, konnte ein Mann zu Hause speisen, ohne die Neugier der Öffentlichkeit zu wecken. Aber sagen Sie mir, geht es Ihnen nicht gut? Du siehst sehr blass aus. Ich mache mir Sorgen um dich, mein Freund."

Percy-Bartlett lehnte sich in seinem Stuhl zurück, sein Gesicht war grau und seine Lippen waren fast farblos. Er beugte sich mühsam vor und schluckte die restlichen Tropfen Brandy in seinem Glas hinunter.

„Es ist nichts, Herr Van Vleck ", sagte er nach einem Moment des Schweigens; „Ich habe in letzter Zeit zu viel gearbeitet und mir Sorgen gemacht. Ich glaube wirklich, dass ich Urlaub brauche."

„Das tun Sie tatsächlich, Sir", bemerkte sein Gastgeber mit Nachdruck. „Komm, junger Mann, höre auf die Vernunft. Das einzige große Privileg, das Reichtum gewährt, ist, dass er uns unsere Freiheit schenkt. Kommen Sie mit uns nach London. Wir segeln Mittwochmorgen. Legen Sie hier Ihre Arbeit ab und ruhen Sie sich aus. Wenn du das nicht tust, wirst du zusammenbrechen, Percy-Bartlett, und alle Pferde des Königs und alle Männer des Königs werden dich nicht wieder zusammenreißen können."

Percy-Bartlett blickte seinen älteren Begleiter dankbar an. Es war ein Roman und eine willkommene Sensation, jemanden zu haben sich für sein Wohlergehen interessieren . Eine Zeit lang herrschte Stille. Dann sagte er, während er langsam aufstand, als ob ihm schwindelig wäre:

„Vielleicht haben Sie recht, Herr Van Vleck . Kommen Sie mit mir ins Wohnzimmer. Ich werde Harriet fragen, was sie von dem Plan hält."

KAPITEL XXIII.

„SELBST wenn es glücklich ausgeht, Harriet, werde ich immer das Gefühl haben, dass sie etwas Unweibliches getan hat."

Mrs. Percy-Bartlett und Gertrude Van Vleck saßen *tête-à-tête* im Salon und unterhielten sich über eine stille Hochzeit, die kürzlich im engeren Kreis stattgefunden hatte. Dieses eheliche Ereignis hatte Besonderheiten gehabt. Es wurde gemunkelt, dass die Braut den größten Teil des Werbens geleistet und dem Mann ihrer Wahl tatsächlich einen Heiratsantrag gemacht hatte, und zwar auf der Grundlage von Beweisen, die schlüssiger waren, als Gerüchte oft genießen. Welche Umstände zu dieser Umkehrung des alten Brauchs seitens der Menschen geführt hatten, denen altehrwürdige Präzedenzfälle besonders am Herzen liegen, wusste niemand außer den hohen Vertragsparteien; aber es war klar, dass die Frau die Initiative ergriffen hatte und mit ihrer egoistischen Heiratsanbahnung erfolgreich gewesen war. In der Gesellschaft gab es viele alte Jungfern, die ihren Kurs guthießen, aber Gertrude Van Vleck gehörte nicht dazu.

„Aber", argumentierte Frau Percy-Bartlett, „ich dachte, Gertrude, dass Sie fortschrittlich wären." Sie scheinen viele der neuen Ideen zu akzeptieren, andere jedoch abzulehnen. Ich bin mir sicher, dass ich nicht verstehen kann, warum sie etwas Unweibliches getan hat. Heutzutage gibt es kaum noch etwas, was man als unweiblich bezeichnen könnte – wenn es mit Anmut geschieht."

Gertrude lächelte traurig, als sie in die mitfühlenden Augen ihrer Freundin blickte. Beide erkannten, dass das Problem, über das sie diskutierten, keine abstrakte Frage war, sondern im Gegenteil für einen von ihnen eine konkrete und lebenswichtige Bedeutung hatte.

„Ich fürchte, Harriet", sagte Gertrude nachdenklich, „dass ich nicht mit den Frauen mithalten kann, die entschlossen sind, in den vordersten Reihen der neuen Bewegung zu stehen. Ich habe zu viele konservative Eigenschaften, die ich von meinem Vater geerbt habe."

Sie schaute sich mit ruhelosen Augen um, und ihr Blick schien die Stimmung des Raumes, in dem sie saßen, auf der Suche nach Kraft und Trost anzusprechen. In New York gibt es viele Salons, die Luxus mit Geschmack verbinden. Nicht wenige sind tatsächlich majestätisch in ihrer Pracht. Aber ein Salon, der auf den Ruhm seiner Vorfahren hinweist und sich darüber zu freuen scheint, dass er der Speicher patrizischer Erinnerungen ist, ist eine Seltenheit. Der Salon der Van Vlecks war ein heiliger Schrein für den Kult der wahren amerikanischen Aristokratie. Man könnte das Wappen der Van Vlecks , die Livree ihrer Familie oder andere äußere Manifestationen des

Stolzes der Vorfahren veräppeln, aber nur ein vom Delirium getäuschter Bilderstürmer konnte diesen Salon betreten, ohne den subtilen Einfluss zu spüren, den es auf die Opposition ausübte zu den Imagebrechern von heute.

Plötzlich brach Mrs. Percy-Bartlett das Schweigen, das Gertrudes letzte Bemerkung gefolgt war.

„Sie segeln am Mittwoch. Erwarten Sie nicht, ihn zu sehen, bevor Sie gehen?“

"NEIN. Warum sollte ich? Er wird nicht wieder zu mir kommen.“

„Sag mir, Gertrude, woher du das weißt“, sagte Mrs. Percy-Bartlett sanft und nahm die kalte Hand des Mädchens in ihre.

„Das ist schwer zu erklären“, bemerkte Gertrude müde. „Ich verstehe ihn so gut, Harriet. Er ist sehr stolz und hat so seltsame Ideen! Er – er – hält mich nicht für schrecklich eingebildet, Harriet – er – ich bin sicher, er mag mich. Aber ich erwarte nie, ihn wiederzusehen.“

In ihrer Stimme lag der Verdacht eines Schluchzens. Mrs. Percy-Bartlett blickte ihrer Freundin ernst in die Augen.

„Erzähl mir, Gertrude“, sagte sie flehentlich, „was passiert ist. Du verheimlichst mir etwas.“

„Nichts, wirklich“, rief Gertrude mit einem offenen Lächeln auf den Lippen. „Es gab absolut nichts zwischen Mr. Fenton und mir, von dem Sie nichts wussten, Harriet.“

„Aber warum, mein Lieber, sagst du, dass du nie erwartest, ihn wiederzusehen? Ich kann es nicht verstehen.“

„Ich weiß kaum, wie ich es dir erklären soll, Harriet. Ich habe nicht die Angewohnheit, zu viel Vertrauen in die Intuition und unerklärliche Eindrücke zu setzen, aber ich bin sicher, dass er nie wieder zu mir kommen wird – es sei denn, ich schicke nach ihm.“

Mrs. Percy-Bartlett schwieg eine Zeit lang. Die Dinge auf der Welt schienen in diesem Moment so verhängnisvoll falsch zu sein. Sie fühlte sich verwirrt, unzufrieden und völlig unfähig, ihrer unglücklichen Freundin Trost oder Rat zu geben. Und doch warum sollte sie sie nicht zu einem Schritt drängen, der zum Glück führen könnte? Warum sollten Stolz und Präzedenzfall zwischen John Fenton und Gertrude Van Vleck stehen, wenn doch der Zeitgeist Männer und Frauen lehrte, aufgeschlossen und vernünftig und vielleicht auch natürlicher zu sein? Impulsiv drehte sie sich zu Gertrude um und beugte sich ganz nah zu ihr.

„Mein liebes Mädchen, du tust ihm und dir selbst großes Unrecht. Sie sollten ihm schreiben und ihn bitten, zu Ihnen zu kommen. Es ist der einzige Weg.“

„Und wann kommt er?“ fragte Gertrude flüsternd.

Mrs. Percy-Bartlett beugte sich vor und küsste die blasse Wange des zitternden Mädchens.

„Sag ihm, dass du ihn liebst, Gertrude.“

Eine Röte überzog Gertrudes Gesicht und ihre Augen blitzten. Sie stand auf und sah auf ihre Freundin herab.

„Das kann ich nicht, Harriet. Wenn man es in Worte fasst, macht es mir Angst. Es ist schrecklich, über so etwas zu reden. Es tut mir leid – so leid, dass du das gesagt hast.“ Sie setzte sich wieder hin und blickte in die traurigen, braunen Augen, die sie fast vorwurfsvoll ansahen.

„Ich weiß, dass du es gut gemeint hast, Harriet, aber das kann niemals so sein. Und jetzt versprich mir, dass du dich nie wieder darauf berufen wirst. Du kennst mein Geheimnis. Lass uns weitermachen, als hätte ich es dir nie gesagt.“

Sie schwiegen eine Zeit lang, ihre kalten Hände in einem Kontakt verschränkt, der mehr ausdrückte als nur Worte. Nach einer Weile sprach Gertrude:

„Es tut mir so leid, dich gerade jetzt zu verlassen, Harriet. Ich habe dich noch nie so sehr gebraucht.“

Mrs. Percy-Bartlett seufzte müde.

„Ich bin so müde, Gertrude. Wenn du weg bist , weiß ich nicht, was ich tun soll. Das Leben ist so eine seltsame und ermüdende Angelegenheit. Ich bin jung und die Welt hat mir alles gegeben, was ich von ihr verlangen sollte – aber – aber“ –

Sie zögerte. Gertrude beugte sich zu ihr.

„Ich glaube, ich verstehe, meine Liebe. Es tut mir so leid."

In ihrer Stimme lag ein Ton mitfühlenden Mitleids, der im Ohr ihres Zuhörers süß und beruhigend klang. Sie kosteten beide den bitteren Kelch, den jeder Mann und jede Frau irgendwann an die Lippen halten muss, und im Moment ihrer Trauer wurde ihre Freundschaft füreinander kostbarer als je zuvor. Es war schwer, sich in der größten Krise ihres Lebens zu trennen und Abschied zu nehmen, wenn sie voneinander die Inspiration brauchten, die der engste Verkehr geben konnte.

Cornelius Van Vleck und Percy-Bartlett betraten den Salon.

„Ich habe großartige Neuigkeiten für euch beide", rief Ersterer, als er nach vorne trat, sein phlegmatisches Gesicht lebhafter als sonst.

Sie blickten fragend zu ihm auf.

„Ihr Mann und ich haben ein Geheimnis, Mrs. Percy-Bartlett", fuhr er spielerisch fort. „Sind Sie nicht neugierig, was es ist?"

„ Natürlich bin ich das, Herr Van Vleck . Bin ich keine Frau?"

Der Blick, den sie auf das Gesicht ihres Mannes erhaschte, erschreckte sie. Seine Wangen waren unnatürlich gerötet und seine Augen leuchteten fieberhaft.

"Was ist los, Liebes?" rief sie, erhob sich und legte ihre Hand auf seinen Arm. Percy-Bartlett lächelte beruhigend.

„Nichts Ernstes", antwortete er. „Ich habe dem Arzt nicht gehorcht und eine von Mr. Van geraucht Vlecks Zigarren. Außerdem", und er blickte seinen Gastgeber wissend an, „befürchte ich, dass mir ein *Mal-de-Mer-* Anfall droht ."

Gertrude Van Vleck sprang aufgeregt auf.

"Meinst du es?" Sie weinte. „O Harriet! Verstehst du nicht? Du gehst mit uns. Habe ich nicht recht, Papa?"

Cornelius Van Vleck lächelte gütig.

„Ich bin der medizinische Berater Ihres Mannes geworden", bemerkte er und wandte sich an Mrs. Percy-Bartlett, „und habe ihm befohlen, aus gesundheitlichen Gründen eine Seereise zu unternehmen."

„Und Sie haben zugestimmt?" fragte Mrs. Percy-Bartlett ihren Mann, ihre Stimme war kalt, fast rau, wegen der Aufregung, die sie unterdrückte.

„Wenn Sie möchten", antwortete er, setzte sich müde hin und blickte mit einem liebevollen Glanz in den Augen zu seiner Frau auf.

„Es ist fast zu schön, um wahr zu sein", rief Gertrude Van Vleck und versuchte, Harriets abgewandten Blick zu erwidern. "Ich bin so glücklich."

„Ist das nicht bezaubernd, Gertrude?" sagte Mrs. Percy-Bartlett, setzte sich neben ihren Mann und sprach mit so viel Enthusiasmus, wie sie zu Hilfe rufen konnte. Aber sie war keine Schauspielerin, und für ihren Mann und ihre Vertraute schien in ihrer Stimme etwas Unüberzeugendes zu klingen, ein

Hinweis darauf, dass sie das Unvermeidliche mit einem Protest akzeptierte, der vergeblich nach Ausdruck verlangte.

KAPITEL XXIV.

MRS. PERCY-BARTLETT saß am Klavier und schlug müßig Akkorde an, die mit der Melancholie ihrer Stimmung zu vibrieren schienen. Es war Dienstagabend und ihr Mann war in seinen Club gegangen, um sich um mehrere Angelegenheiten zu kümmern, die vor seiner Abreise geklärt werden mussten. Sie sollten am nächsten Morgen früh nach Europa segeln, und Mrs. Percy-Bartletts Träumereien waren von einer Mischung aus Besorgnis und Bedauern geprägt. Ihr Verstand versicherte ihr, dass das vor ihr liegende Exil die bestmögliche Lösung für ein Problem war, das sich ihr aufgedrängt hatte; Ihr Herz empörte sich gegen den Gedanken an einen schwierigen, aber zwingenden Schritt, den sie unternehmen musste. Sie hatte Richard Stoughton an diesem Morgen eine Nachricht geschickt, in der sie ihm mitteilte, dass sie am Mittwoch nach Europa aufbrechen würde und dass sie sich freuen würde, ihn am Abend wiederzusehen, wenn er Zeit hätte. Der Bote war mit einer Antwort auf ihren Brief zurückgekehrt, die sie mit Überraschung und Bestürzung erfüllt hatte.

„Ich werde heute Abend anrufen", hatte Richard geschrieben, „nicht um mich von Ihnen zu verabschieden, sondern um uns beiden eine *gute Reise zu wünschen* . Ich bin überglücklich über die Aussichten."

Was diese rätselhaften Worte bedeuteten, konnte sie nicht herausfinden. Er schien anzudeuten, dass auch er am Morgen nach Europa aufbrechen würde. Wenn das der Fall war, wurde ihr klar, dass sie eine schwere Aufgabe vor sich hatte. Ihr Instinkt sagte ihr, dass es für sie absolut unklug wäre, die Reise gemeinsam anzutreten. Erstens würde die Anwesenheit von Richard Stoughton auf dem Dampfer Percy-Bartlett sehr seltsam vorkommen. Sicherlich war die Steigerung seiner Eifersucht nicht die richtige Behandlungsmethode, um die Gesundheit ihres Mannes wiederherzustellen. Darüber hinaus sehnte sie sich nach Ruhe und Frieden. Anfangs hatte sie tief in ihrem Herzen gegen den Gedanken rebelliert, vor dem einzigen großen Vergnügen ihres Lebens, der Kameradschaft mit Richard Stoughton, davonzulaufen; Aber später hatte sich ihre Stimmung geändert, und sie begann eine melancholische Befriedigung bei dem Gedanken zu empfinden, dass Abwesenheit, wenn sie Schmerz und Sehnsucht bedeuten könnte, auch ihr eigenes Betäubungsmittel erzeugen würde .

Und nun saß sie da und wartete auf Richards Ankunft, ihr Herz klopfte fieberhaft, ihr Gesicht war blass und ihre Augen ruhelos und strahlend. Sie hatte beschlossen, dass sie ihn im Fall der Fälle bitten würde, auf dem Altar der Freundschaft ein großes Opfer für sie zu bringen. Sie war nicht ohne Kampf zu dieser Entscheidung gekommen. Es wäre so schön, ihn auf der Reise dabei zu haben! Mittlerweile hatte sie so viel Freude an seiner

Gesellschaft, dass es ihr fast wie ein Sakrileg vorkam, den Ereignissen, die darauf abzielten, ihre Intimität zu verlängern, irgendein Hindernis in den Weg zu legen. Und es war der Zufall, nicht der Plan, der dafür verantwortlich war – wenn es überhaupt eine Tatsache war –, dass sie gemeinsam in die Alte Welt segeln sollten. Aber Mrs. Percy-Bartlett war eine zu kluge Frau, um den verlockenden Irrtümern, die ihr im Kopf herumschwirrten, lange Zeit freien Lauf zu lassen. Sie erkannte, dass es sehr einfach ist, Argumente zu finden, um fast jede Vorgehensweise zu verteidigen und zu rechtfertigen ; aber sie behielt immer noch ihr Vertrauen in diesen vagen, undefinierbaren, aber beharrlichen Führer, der allgemein als Gewissen bezeichnet wird, und wenn sie der inneren Debatte überdrüssig war, griff sie immer auf ihn zurück, um das letzte Wort zu finden, die treibende Kraft, die sie in die Zukunft tragen sollte richtige Richtung. In diesem Fall flüsterte ihr ihr Gewissen zu, dass entweder Richard Stoughton oder sie selbst in New York bleiben mussten, wenn die Majestic am Morgen den Pier verließ. Sie wusste genau , dass es für sie nahezu unmöglich sein würde, ihre Pläne zu ändern, ohne sich vielen peinlichen Fragen ihres Mannes stellen zu müssen. Ihre letzte Hoffnung lag in der Selbstlosigkeit von Richard Stoughton. Wenn er sich „auf die richtige Weise" um sie kümmerte, wie sie sich selbst ausdrückte, würde er seine Bewegungen ihr zuliebe ändern.

Die Portière wurde zurückgeschoben und ein Diener verkündete: „Mr. Stoughton." Richard betrat das Musikzimmer, eine Röte der Freude und Aufregung auf seinen Wangen und die Freude jugendlicher Begeisterung in seinen Augen.

Als sie ihm ihre Hand reichte, fühlte sie sich in seinem Griff so kalt wie Marmor an, und er sah, dass ihr Gesicht blass war und ihr Ausdruck eher von Besorgnis als von Freude geprägt war.

„Irgendetwas macht dir Sorgen", sagte er und setzte sich so hin, dass er ihr ins Gesicht sehen konnte. „Haben Sie meine Notiz nicht verstanden?"

Sie lächelte traurig. „Ich fürchte, dass ich es getan habe", antwortete sie mit leiser Stimme. „Sie segeln morgen früh mit der Majestic?"

"Ja."

„Es tut mir sehr leid", sagte sie stockend und spürte, dass es schwieriger war, der Stimme des Gewissens zu gehorchen, als sie gedacht hatte.

Das Licht in seinem Gesicht erlosch und er sah sie mit einer Mischung aus Überraschung und Bedauern an.

„Ich hatte gedacht", sagte er fast bitter, „dass Sie sich freuen würden, mich als Mitreisenden zu haben . "

Wie konnte sie ihm ihre Gefühle in dieser Angelegenheit erklären? Schon seine Jugend machte es schwierig. Es wäre so leicht für ihn, sie falsch zu verstehen. In diesem Moment hatte sie das Gefühl, dass sie um Jahre älter war als dieser Mann, der im selben Monat Geburtstag hatte wie sie. Und in seiner Gegenwart war es schwieriger, das Opfer zu bringen, zu dem sie sich entschlossen hatte, als es noch eine Stunde zuvor schien. Sie sah schüchtern zu ihm auf. Sein Gesicht war blass geworden und das Lächeln war von seinen Lippen verschwunden. Eine Frau weiß nie, wie sehr ihr ein Mann wirklich am Herzen liegt, bis sie um ihretwillen gezwungen ist, von ihm einen großen Verzicht zu verlangen. Es liegt in der Natur einer großzügigen und liebevollen Frau, Gefälligkeiten zu erweisen und nicht darum zu bitten.

Die Stille im Raum war peinlich geworden. Sie drehte sich um und schlug fast ungeduldig ein paar düstere Akkorde auf dem Klavier an. Sie hatte Angst, dass er die Tränen sehen würde, die sich in ihren Augen gesammelt hatten.

Richard stand auf und ging zum anderen Ende des Raumes, dann drehte er sich um und ging auf sie zu. Ihr goldbraunes Haar, das Weiß ihres Halses und die runden Umrisse ihrer Schultern erfüllten ihn mit einer Mischung aus Freude und Verzweiflung. Er war sich vage bewusst, dass diese Frau von ihm ein Opfer verlangte, das er nur schwer bringen würde. Er verstand sie gut genug, um zu erkennen, dass sie in seine Großzügigkeit ein Vertrauen setzte, das von seiner Seite sowohl Zurückhaltung als auch Verzicht verlangte. Sie hatte gesagt, dass es ihr leid tat, dass sie Begleiter auf einer Seereise sein sollten. Fieberhaft bemühte sich sein Geist, die volle Bedeutung ihrer Worte zu erfassen. Er konnte sie in diesem Moment nicht in ihrer Gesamtheit abwägen, aber es genügte, dass sie ihr Bedauern über den Zufall zum Ausdruck gebracht hatte, der ihre Gesichter im selben Moment Europa zugewandt hatte. Es wäre grausam und unnötig, sie dazu zu zwingen, sich ausführlicher zu erklären. Ein Gedanke überschattete alle anderen in seinem Kopf. Wenn sie sich nicht um ihn kümmerte – warum sollte er ein Blatt vor den Mund nehmen? – ihn nicht liebte, würde sie nicht zugeben, dass es ihr leid tat, dass er so lange an ihrer Seite sein musste. Sie hatte ihm gestanden, dass der Schatten des Selbstmisstrauens auf ihrer Seele lastete. Er konnte nicht mehr verlangen. Alle Menschen mögen egoistisch sein, aber in einer großen Krise gibt es Menschen, die ritterlich sein können.

Richard setzte sich wieder hin und sah sie traurig an.

„Du musst mich um einen Gefallen bitten", wagte er es nach einer Weile.

Sie drehte sich um und blickte ihn an, mit einem heiteren Funken in ihren wechselvollen Augen.

„Manchmal kommt es mir vor, als hätten Sie hellseherische Fähigkeiten", bemerkte sie. „Ja, ich habe eine Bitte – aber es kommt mir so egoistisch vor! Es ist das Schwierigste, was ich je tun musste."

Er stand auf und blickte ihr ins Gesicht.

„Bitte denken Sie nicht, dass es schwierig ist", sagte er sanft. „Ich glaube, ich weiß, was Sie fragen würden. Wenn Sie möchten, verschiebe ich meine Abreise auf Samstag. Nein, danke mir nicht. Ich werde meine Belohnung in dem Gedanken finden, dass – dass" –

Er zögerte und sie hob ihr Gesicht, bis sich ihre Blicke trafen. Er beugte sich zu ihr.

„In dem Gedanken, dass du vielleicht erkennst, wie schwer es für mich ist, dich gehen zu lassen."

Er hatte ihre beiden Hände genommen und die Tränen in ihren Augen machten es ihr nahezu unmöglich zu erkennen, wie nah seine Lippen ihren waren.

„Du bist ein edler Kerl", flüsterte sie.

Richard wurde von dem Sturm der Liebe und Verzweiflung hin- und hergerissen, der seine Seele erfüllte. Der Weihrauch ihres Haares, die warme Liebkosung ihres Atems, als er sein Gesicht berührte, das traurige, weiße Elend ihrer zitternden Lippen schienen ihn wahnsinnig zu machen. Er zögerte einen Moment, während die Geister des Lichts und der Dunkelheit in ihm kämpften. Dann geschah etwas Seltsames. Er hörte, als stünde der Redner dicht an seinem Ohr, die klingende Stimme des Predigers, der einige Wochen zuvor seine Seele im feierlichen Schatten einer Kirche bewegt hatte, und es schien zu sagen: „Sei deiner Männlichkeit treu; denn das Licht, das in dir ist, ist göttlich."

Richard drehte sich augenblicklich um, ohne zu merken, dass seine überreizten Nerven etwas gewirkt hatten, das ihm im Moment wie ein Wunder vorkam. Weiß und zitternd sank er auf den Stuhl neben der schluchzenden Frau, deren eisige Hand noch immer müde in seiner ruhte.

Als er sich umgedreht hatte, kam es ihm so vor, als würden die Portièren am Ende des Raumes zusammenfallen, als wären sie plötzlich gestört worden; Doch als er sie noch einmal ansah, wie sie schwer und still in den Schatten hingen, hatte er das Gefühl, dass das Fieber, das ihn dazu gebracht hatte, die Stimme eines Fremden zu hören, seinen wahnsinnigen Zauber auf seine Vision übertragen hatte. Aber die Wahrheit war, dass seine Ohren ihn getäuscht hatten, seine Augen jedoch nicht.

KAPITEL XXV.

IN gewisser Hinsicht war Percy-Bartlett ein idealer Clubmann. Er war Mitglied mehrerer exklusiver Clubs, besuchte jedoch nur einen. Er interessierte sich mehr für das Wohlergehen dieser Organisation als für das Wachstum des Westens oder die Öffnung Afrikas für die Zivilisation. Philanthropen hätten ihn vielleicht als engstirnig bezeichnet. Er wäre über den Vorwurf erstaunt gewesen. Er beteiligte sich großzügig am Fonds seiner Kirche für Auslandsmissionen und hatte einmal bei der Ausrüstung einer Polarexpedition mitgeholfen. Ein Mann, der seinen Geldbeutel für Unternehmungen dieser Art öffnen könnte, würde sich niemals als ein in seinen Sympathien eingeschränktes Individuum betrachten. Kann ein Mann nicht ein aufgeschlossener Wohltäter seiner Rasse sein, ohne die Kameradschaft derjenigen zu suchen, die in der Gesellschaft unter ihm stehen? Percy-Bartlett hätte sich nie vorstellen können, dass er dadurch, dass er seinen Verkehr auf diejenigen beschränkte, die er für seinesgleichen hielt, den Kontakt zu der Zeit und der Welt, in der er lebte, verlor. Theoretisch erkannte er die Brüderlichkeit der Menschen an. Befriedigung fand er praktisch nur in der Gesellschaft von Männern, die zur Mitgliedschaft in seinem Lieblingsclub berechtigt waren. Er spendete einen Zehnten seines Vermögens für wohltätige Zwecke; Warum sollte er nicht das Privileg haben, die meiste Zeit dem Clubleben zu widmen? Percy-Bartlett erkannte, wie viele Amerikaner, die Großartigkeit der Unabhängigkeitserklärung an, hatte jedoch nicht das Gefühl, dass dieses Instrument ein Ritual etabliert hatte.

Es heißt, dass ein Mensch nicht gleichzeitig Gott und dem Mammon dienen kann. Wie auch immer dies sein mag – und es gibt kluge Individuen, die unter beiden Bannern zu kämpfen scheinen –, es ist sicher, dass ein Mann Genie braucht, um seine Pflicht gegenüber seinem Verein und seinem Zuhause gleichermaßen gut zu erfüllen. Percy-Bartlett war kein Genie. Er war ein gründlicher und begabter Gentleman, der einmal geneigt war, seinen Verein zugunsten seines Zuhauses zu opfern. Aber unter sonst gleichen Bedingungen wird ein Mann auf lange Sicht den Weg einschlagen, auf dem er die bereitwilligste und ausgeprägteste Sympathie findet. Percy-Bartlett wurde in seinem Club in vollem Umfang geschätzt. Er erkannte vage, dass er sich bei ihm zu Hause in einer Atmosphäre befand, die nicht ganz freundschaftlich war, und dass er nicht den hohen Platz im Kreise seiner Familie einnahm, der einem Ehemann das häusliche Glück sichert, das ihm letztlich verhängnisvoll ist Bedeutung im Vereinsleben. Ein geselliger Ehemann ist wie alles andere, was sich lohnt, das Ergebnis sorgfältiger Kultivierung. Das Umgekehrte gilt auch; und ein Mann kann den Verkehr einer durch und durch sympathischen Frau nicht genießen, wenn er nicht über das nötige Fingerspitzengefühl und die Ausdauer verfügt, um diese seltene und unschätzbare Blüte der gesellschaftlichen Flora hervorzubringen. Die Ehe ist wie ein Garten, in dem zwei Pflanzen für die gegenseitige Pflege reserviert sind. Wenn einer von ihnen die ihm gestellte Aufgabe vernachlässigt, leiden beide gleichermaßen; und der Garten, in den sie gelegt wurden, wird in ihren Augen eng und geschmacklos. Wenn Sie die volle Bedeutung dieser Illustration verstehen, oh lieber Leser, werden Sie verstehen, warum in diesen fortschrittlichen Zeiten nicht nur verheiratete Männer, sondern auch verheiratete Frauen ihre Clubs haben. Wir alle sehnen uns nach Mitgefühl und nach einem Ventil für die Unruhe, die in uns steckt. Wenn wir sie zu Hause nicht finden können, müssen wir in unseren Club gehen, wo wir jemanden treffen können , der uns versteht und der uns eine Erleichterung für die aufgestaute Individualität bietet, die uns so sehr quält. Und deshalb brauchen sowohl Männer als auch Frauen heute ihre Vereine. Am Ende des letzten Jahrhunderts betonte die Welt die Brüderlichkeit der Menschen. Das Ende dieses Jahrhunderts ist damit beschäftigt, die Schwesternschaft der Frau hervorzuheben. Ist es seltsam, dass die letzten Jahre des 18. Jahrhunderts für die Institution der Ehe nicht beunruhigender waren als die letzten Tage des 19. Jahrhunderts? Die einzige Schlussfolgerung, die sich für den Betrachter aktueller sozialer Unruhen ableiten lässt, ist, dass das Jahrtausend nicht erreicht sein wird, bis das Problem gelöst ist, wie man aus einem Zuhause einen Club machen kann.

Percy-Bartlett war nicht besonders glücklich, obwohl ein solches Eingeständnis das letzte war, was er sich selbst gegenüber freiwillig gemacht hätte. Er hatte sich daran gewöhnt, sich selbst vorzutäuschen, dass er das Leben in vollen Zügen genoss. Sicherlich hatte es viel für ihn getan. Er hatte Reichtum, Stellung, Freunde und eine schöne und gebildete Frau. Aber langsam war der feine Geschmack des Daseins verflogen, und manchmal drängte sich ihm der unwillkommene Gedanke auf, dass er ein müder und einsamer Mann sei. Niemals ließ er diesen Verdacht durch Worte oder Blicke erkennen, nicht einmal gegenüber seinen engsten Freunden. Sie hatten in letzter Zeit bemerkt, dass er den Mut verloren hatte und krank und müde aussah; aber er hatte von seinen wiederkehrenden Verdauungsstörungen gesprochen, und sie hatten gesehen, dass er beim Konsum von Alkohol und Tabak sehr enthaltsam geworden war. Dass irgendetwas grundlegend mit ihm nicht stimmte, ahnten weder er noch sie.

Percy-Bartlett war in fröhlicherer Stimmung als sonst, als er am Dienstagabend seinen Club früher verließ, als er normalerweise nach Hause zurückkehrte. Die Zukunft sah rosiger aus, als sie seit einiger Zeit schien. Er hatte seine Angelegenheiten so geregelt, dass er einen langen Urlaub verbringen konnte, ohne sich um die Einzelheiten seiner persönlichen Interessen kümmern zu müssen. Er ging schnell die Allee entlang und wollte unbedingt ein langes Gespräch mit seiner Frau führen, bevor er sich zur

Ruhe setzte. Sie mussten früh am Morgen aufstehen, um den Dampfer zu nehmen, der um elf Uhr seinen Pier verließ.

Auf seinem Gesicht lag ein Lächeln der Zufriedenheit, als er dachte, dass ein Ortswechsel und die Aufregung des Reisens viel dazu beitragen könnten, seine Frau näher zu sich zu bringen. Sie würde auf der Reise keine Zeit haben, überlegte er, sich ganz in ihre musikalischen Beschäftigungen zu vertiefen. Dass er auf Richard Stoughton eifersüchtig geworden war, hatte er sich nie eingestanden, aber die Rivalität um das Klavier seiner Frau war ihm schon lange übel geworden, und er freute sich darüber, dass sie es nicht mitnehmen konnte.

Darüber hinaus wurde ihm klar, dass sein prekärer Gesundheitszustand eine lange Ruhepause und einen gründlichen Szenenwechsel von ihm verlangte. Er war nicht besonders reiselustig, aber heutzutage sichert der Besitz von Reichtum dem Touristen ein Maß an Komfort, das dem seines Clubs fast ebenbürtig ist. Von allen Gesichtspunkten aus sah Percy-Bartlett rosig in die unmittelbare Zukunft, als er langsam die Stufen seines Hauses hinaufstieg und, leicht schnaufend vor Anstrengung, leise die Flurtür mit einem Nachtschlüssel öffnete. Er würde ruhig auf seine Frau zugehen und den Ausdruck der Überraschung auf ihrem Gesicht bei seiner baldigen Rückkehr genießen. Dass ihr Lächeln ein herzliches Willkommen sein würde, wagte er kaum zu hoffen. Aber es ist sehr leicht, sich anzuwöhnen, von denen, die wir lieben, die Widerspiegelung der Stimmung zu erwarten, in der wir uns gerade befinden. Dass Percy-Bartlett oft enttäuscht war, als er von seiner Frau das Mitgefühl erhielt, nach dem er sich sehnte, hatte ihn nicht zur Verzweiflung gebracht dass er irgendwann von ihr die Reaktion auf seine Zuneigung gewinnen würde, von der er wusste, dass sie die Macht hatte, sie zu geben.

Der Moment schien ihm günstig, um die Barrieren niederzureißen, die ihn so lange von seiner Frau getrennt zu haben schienen. Er würde sie im Musikzimmer finden. Als Diplomat, der er war, bat er sie, ihm ein oder zwei ihrer eigenen Lieder vorzusingen, und dann erzählte er ihr die Umrisse ihrer Reise, die er vorbereitet hatte, und nahm alle von ihr vorgeschlagenen Änderungen an der Reiseroute vor. Er konnte sich vorstellen, wie sie ihr Klavier zum letzten Mal zuschloss und sich mit einem strahlenden Lächeln im Gesicht zu ihm umdrehte, als sie das Instrument abgeschlossen und den Schlüssel in die Tasche gesteckt hatte.

Sein Herz schlug mit erdrückender Geschwindigkeit, als er leise das Wohnzimmer betrat. Er lächelte, als ihm der Gedanke durch den Kopf schoss, dass er sich eher in der Stimmung eines jungen Liebhabers befand, der sein Lebensglück auf ein paar brennende Worte setzt, als in der Stimmung eines Ehemanns mittleren Alters, der gerade dabei ist, die prosaischen Details einer Europareise zu besprechen mit seiner Frau.

Der Salon war schwach beleuchtet und die Portièren am Eingang zum Musikzimmer waren eng zusammengezogen. Er näherte sich ihnen lautlos und war etwas überrascht, dass sein Rivale, das Klavier, seine Abwesenheit nicht ausnutzte, um seinen Einfluss auf seine Frau zu verstärken.

Sanft legte er seine zitternde Hand auf die schweren Vorhänge und blickte in das Musikzimmer. Dann ließ er die Portière fallen und wandte sich ab, sein Gesicht war gespenstisch blass und seine Augen wild vor plötzlichem Schmerz. Er stolperte durch den Salon und unternahm eine heldenhafte Anstrengung, nicht gegen die Möbel zu stolpern. Seltsamerweise war die einzige überwältigende Angst, die ihn im Moment befiel, die, dass er sich durch einen Zufall im Musikzimmer bemerkbar machen könnte. Als er tatsächlich auf die Halle zuschlich, sah er aus wie ein Mann, der ein schreckliches Verbrechen begangen hatte und verzweifelt versuchte, einer Entdeckung zu entgehen. Auf seiner Stirn bildeten sich große Schweißperlen. Sein Gesicht war eingefallen und ernst, und seine Lippen waren auf eine Weise gegen seine Zähne gepresst, die seinem Gesicht einen Ausdruck gespenstischer Heiterkeit verlieh.

Die Angst, die ihn befiel, war, dass er im Flur die Aufmerksamkeit eines Dieners auf sich ziehen würde. Zitternd vor Kälte kroch er in seinen Mantel und schlich auf Zehenspitzen zur Tür. Alles war still im Haus. Er schlich hinaus in die Nacht und blickte verstohlen die Allee auf und ab wie jemand, der Angst davor hat, entdeckt zu werden. Er schwankte vor Schwindel, als er den Bürgersteig erreichte und sich für einen Moment gegen ein Geländer lehnte. Die Nachtluft schien ihn nach einiger Zeit wiederzubeleben; denn er riss sich mit gewaltiger Anstrengung zusammen und ging weiter zu seinem Club wie einer, der im Schlaf wandelt und vor den Phantomen seines Traums flieht.

KAPITEL XXVI.

„ES ist schwer, Gertrude; sehr schwer! Aber ich muss heute in einer Woche in London sein."

Gertrude Van Vleck blickte zu ihrem Vater auf, als er diese Worte aussprach, und ihr Gesicht wurde eine Spur blasser, während ihr Tränen in die Augen traten. Sie trug ein Reisekostüm, das ihrer großen und anmutigen Figur äußerst stand. In ihrer Hand hielt sie ein kaum zu entzifferndes Gekritzel. Es war von Mrs. Percy-Bartlett und lautete wie folgt:

„ MEINE LIEBE GERTRUDE , – Vielleicht haben Sie die schreckliche Nachricht bereits gehört. Mein Mann ist gestern Abend plötzlich im Union Club gestorben. Ich bin so völlig verblüfft, dass ich nicht zusammenhängend schreiben kann, aber ein Gedanke geht mir in dieser traurigen Zeit immer wieder durch den Kopf. Sie dürfen Ihre Pläne auf meinem Konto nicht ändern. Ich sehne mich in diesem Moment von ganzem Herzen nach dir, aber mein Egoismus darf bei dir kein Gewicht haben. Wenn Sie es wirklich wünschen, werde ich bald nach London kommen; Aber ich kann im Moment keine besonderen Vorkehrungen treffen. Ich werde Ihnen schreiben oder Ihnen eine Telegrammnachricht schicken, sobald ich die Kraft und Gelegenheit habe, an die Zukunft zu denken."

„Hören Sie, Gertrude", fuhr Herr Van Vleck fast streng fort, „wir haben keine Zeit zu verlieren." Halte mich nicht für herzlos, mein Kind; aber ich muss zu dem von mir festgelegten Termin in London sein, und zwar aus vielen Gründen, die Sie nicht interessieren würden. Setzen Sie sich und schreiben Sie sofort an Frau Percy-Bartlett. Sagen Sie ihr, dass wir in London auf sie warten und sie mit auf den Kontinent nehmen werden. Ich kann derzeit absolut nicht auf einen Dampfgarer warten. Arme kleine Frau, es tut mir leid, dass es keinen anderen Weg gibt."

Schweren Herzens verfasste Gertrude Van Vleck eine Notiz – wie unzureichend, fast herzlos sie ihr beim erneuten Lesen vorkam – und schickte sie per Bote an Mrs. Percy-Bartlett. Das großzügige, liebevolle Herz des Mädchens lehnte sich gegen die Notwendigkeit auf, die sie zu diesem Weg zwang; aber im Moment schien es keine Alternative zu geben.

Gertrude hatte nur wenig persönlichen Kontakt mit dem geheimnisvollen Ding, das wir Tod nennen. Der plötzliche Verlust ihrer Freundin entsetzte sie. Es kommt in jeder Erfahrung, ob früh oder spät, eine Zeit, in der die Bedeutungslosigkeit eines menschlichen Lebens im grenzenlosen Universum mit einer überwältigenden Kraft hervorgehoben wird, die uns vielleicht weiser, aber unendlich trauriger macht . Gertrude Van Vleck hatte viel über die seltsamen Probleme nachgedacht, die das Leben auf der Welt mit sich bringt, aber das letzte und bedeutsamste Rätsel, das den Geist des Menschen verfolgt, die schreckliche Frage, die der Tod stellt, hatte sie nie tief berührt . Aber jetzt war es in einer neuen Gestalt zu ihr gekommen, und sie fühlte sich niedergeschlagen und hoffnungslos angesichts der erbarmungslosen Plötzlichkeit des Schocks.

Die Fahrt zum Dampfer schien schier endlos zu sein. Der Straßenlärm, die zusammenhangslosen Ausrufe ihres Vaters, das fieberhafte Pochen in ihrem Kopf bereiteten Gertrude das größte Leid. Der Trubel und die Aufregung am Pier verstärkten die Unruhe und Unzufriedenheit, die ihr den ganzen Körper schmerzte. Es schien etwas Kindliches in der Lebhaftigkeit der Männer und Frauen um sie herum zu liegen, die kamen und gingen, lachten und weinten, schwiegen oder redselig waren, als wäre eine Reise über den Atlantik etwas von großer Bedeutung. Was war das im Vergleich zu dieser mysteriösen Reise ins Unbekannte, die wir alle heute, morgen oder in ein paar Jahren unternehmen müssen?

Erst als der Dampfer weit unten in der Bucht lag und die kühle, salzige Brise, die über die Decks wehte, begonnen hatte, Gertrudes Wangen wieder Farbe zu verleihen, konnte sie die trüben Gedanken, die sie bedrückten, abschütteln. Und selbst dann hatte sie keinen heiteren Glanz in den Augen, als sie auf das tosende Meer blickte. Ihr Herz empörte sich gegen das Schicksal, das ihr widerfahren war. Sie ließ alles hinter sich, was das Leben in letzter Zeit interessant gemacht hatte. Die einzige Frau, die ihr wirklich am Herzen lag, und der einzige Mann, den sie jemals lieben konnte, verließen ihr Leben, während die große Stadt im Westen am Horizont versank. Es war sehr hart. Sie blickte auf das Wasser hinab, das vor ihren Augen zurückströmte, während die heißen Tränen ihre Augen füllten und die Meeresbrise sie kalt an ihre Wange küsste.

„Das ist eine seltsame und unerklärliche Welt“, hörte sie eine Stimme, die sie mit einer Mischung aus Erstaunen und Freude begeisterte, an ihrer Seite sagen. Sie zuckte zusammen, denn die Worte schienen ihren Gedanken Ausdruck zu verleihen, und als sie sich umdrehte, erblickte sie John Fenton, dessen Gesicht das Staunen und die Freude widerspiegelte, die ihre Seele erfüllten. Ihre Hand zitterte, als sie sie für einen Moment in seine legte.

„Ich freue mich so, dich zu sehen“, sagte sie schlicht, aber ihre Stimme zitterte vor der nervösen Reaktion, die sie erfasste. „Ich – ich – wusste nicht, dass du ins Ausland gehst.“

John Fenton hielt ihre kalte Hand viel länger in seiner, als es die perfekte Etikette rechtfertigte. Einem Mann fallen in einer großen und unerwarteten Krise die Worte weniger leicht als einer Frau, und er schwieg eine Zeit lang. Schließlich sagte er, während er sich an die Reling lehnte und ihr weißes Gesicht betrachtete, das noch Spuren ihrer verzweifelten Stimmung trug:

„Was sein soll, wird sein. Sag mir, bist du ein Fatalist?"

„Ich weiß es kaum", antwortete sie. „In diesem Moment kommt mir alles unerklärlich und unnatürlich vor. Du hast gehört, dass Percy-Bartlett tot ist?"

„Ja", antwortete Fenton und blickte einen Moment lang aufs Meer. „Ich habe heute Morgen eine Nachricht von Richard Stoughton erhalten. Er kam mit mir, wissen Sie. Er hat die Reise um etwa eine Woche verschoben."

Gertrudes blaue Augen blickten ihn fragend an.

„Er war gestern Abend dort?" Sie fragte.

"Ja. Er wollte gerade gehen, als Mrs. Percy-Bartlett eine Nachricht von Buchanan Budd erhielt, in der es hieß, ihr Mann sei plötzlich im Club gestorben."

„Ich bin sehr froh, dass Mr. Stoughton nicht gesegelt ist", sagte sie, mehr zu sich selbst als zu Fenton. Es war seltsam, wie viel die salzige Luft dazu beigetragen hatte, die Farbe in ihrem Gesicht und den Glanz der Zufriedenheit in ihren Augen wiederherzustellen. „Sie – das ist Mrs. Percy-Bartlett, wissen Sie – kommt sofort zu uns."

Eine Zeit lang herrschte Stille. Als sie auf das wogende Wasser hinunterblickten, schien es ihnen beiden, dass der seltsame Zufall, der sie wieder zusammengeführt hatte, einen übernatürlichen Charakter annahm.

„Du wolltest weggehen, ohne mich zu verabschieden", sagte sie mit leiser Stimme. Ihr Blick begegnete ihm vorwurfsvoll.

„Du tust mir Unrecht", erwiderte er. „Ich habe dir heute Morgen geschrieben."

Sie wandte sich von ihm ab und ihr Blick suchte den Horizont. Sie hatte das Gefühl, dass seine Worte sie in eine peinliche Lage gebracht hatten. Sie konnte ihn nicht fragen, was in seinem Brief stand; aber sie sehnte sich danach, es zu wissen.

Sie standen einige Zeit wortlos da. Er blickte auf ihr klares Profil, und während er hinsah, schienen ihm die Skrupel, die ihn zu einem großen Verzicht um ihretwillen veranlasst hatten, in diesem Moment übertrieben und unlogisch zu sein. Hatte er nicht jedes Opfer auf dem Altar seines Quixotic-Glaubensbekenntnisses gebracht? Und hatte das Schicksal seine

Bemühungen nicht vergeblich gemacht? Sicherlich würden er und Gertrude Van Vleck nicht zusammen auf dem Deck eines Ozeandampfers auf dem Weg nach draußen stehen, wenn die Sterne in ihrem Kurs nicht angeordnet hätten, dass er ihr sagen sollte, was ihm am Herzen lag.

„Ich wünschte", sagte er schließlich, „dass du mir einen Gefallen tun würdest."

Sie drehte sich mit einem verwirrten Lächeln im Gesicht zu ihm um.

„Versprechen Sie mir", fuhr er ernst fort, „dass Sie den Brief, den ich Ihnen heute Morgen geschickt habe, jemals in Ihre Hände bekommen, ihn ungeöffnet vernichten werden."

Das Lächeln verschwand aus ihrem Gesicht. Er sah, dass er sich in die Lage gebracht hatte, missverstanden zu werden. Was blieb ihm anderes übrig, als sich zu erklären? Sein Gesicht war bleich vor Emotionen und er umklammerte nervös die Reling.

„Gertrude", sagte er mit leiser Stimme, voller unterdrückter Leidenschaft, „Gertrude, ich liebe dich! Sag mir, kannst du mir Hoffnung geben?"

Sie blickte aufs Meer hinaus, ihre Augen waren feucht von Tränen des Glücks.

Plötzlich spürte er eine kalte, zitternde Hand in seiner und die Sonne brach augenblicklich durch die Wolken und küsste das lächelnde Meer, als ihr Griff durch die Inbrunst ihrer Liebe fester wurde.